殺人都市川崎

浦賀和宏

ハルキ文庫

角川春樹事務所

赤や青の原色に彩られたエキゾチックな楼門には『瀋秀園《しんしゅうえん》』と毛筆体で刻まれた看板が高らかに掲げられている。楼門は真っ白な壁に埋め込まれていて、その色鮮やかさを更に際立たせる。中に入ると、山に行けばいくらでも落ちていそうな岩が芸術作品のように鎮座し、訪れる者を出迎える。岩を横目に歩を進めると突然視界がぱあっと広がり、池を中心にした回廊庭園が全貌《ぜんぼう》を現す。池を取り囲むように設置されている石畳の回廊の左右には、等間隔に真っ赤な柱がそびえていて、楼門と同じような中華風の屋根を支えている。

「子供の頃《ころ》、初めてここに来た時は感動したけど、今は別にどうってことないね」

まるで七海《ななみ》が俺《おれ》の心を読んだように、感慨に水を差す発言をした。もちろん悪気はないだろうが、俺が七海と付き合うことに今一つ乗り気でないのは、正に彼女のそういうところだった。

せっかく男と女が二人っきりで歩いているのだ。嘘《うそ》でもいいから、たとえば、好きな男の子と一緒にいると見慣れた景色も違って見える、みたいな気の利いたことを言って欲しい。ましてやここに来ようと誘ったのは七海の方なのだ。

俺だってこんなところ自分からわざわざ来ようとは思わない。しかし夕陽《ゆうひ》に照らされた中国庭園は、真っ昼間とはまた印象が違って悪くない雰囲気だった。

「川崎《かわさき》市民って、こういう外国みたいな建物をありがたがるよね。ほら、向こうにだってイタリアみたいな映画館あるじゃん。廃墟《はいきょ》みたいなゲーセンも」

「あのゲーセン、昼間も十八歳未満立入禁止じゃないの?」

香港《ホンコン》の九龍城《クーロンじょう》を模したゲームセンターがあると聞いたことはあるが、行ったことはなかった。

七海は笑った。

「そんなの律儀に守る? 黙ってれば分かんないよ。小学生ならともかく、もう高校生なんだから」

ふん、と俺は言った。ルールを破りたくないのではなく、ゲームセンターで遊ぶぐらいの用事で、わざわざ川崎駅周辺に行くのが億劫《おっくう》だったのだ。あっちは俺にとっては別の世界だ。行くたびに、ここは自分の居場所じゃないという思いを強くするから、どんどん足が遠のいてゆく。

「別に外国をありがたがるのは、川崎に限った話じゃないだろ」

「たとえば？」

「いや、知らんけど」

七海は意地の悪い笑みを浮かべ、

「そうね。武蔵小杉《むさしこすぎ》にはこういう場所ないかもね」

と言った。

「愛《あい》ちゃんとは、もう会ってないの？」

「会わないよ。もう別の世界の人間じゃん」

愛は中学卒業と同時に川崎を出て、武蔵小杉に引っ越してしまった。タワーマンションが立ち並ぶ高級住宅地だ。親の仕事の関係だと言っていたが、通勤の都合という理由では多分ない。きっと会社で昇進し、川崎を出るに値するステイタスの役職についたのだろう。出世した者、成功した者は、皆、川崎を出て行く。駅周辺には、西口にはラゾーナという大きなショッピングセンター、東口にはさっき七海が口にしたラ チッタデッラというイタリアの町並みを再現した映画館街があって、それなりに賑《にぎ》わっている。だが川崎市民は皆知っている。貧しく、治安が悪い川崎のイメージアップを図ろうとして無理をして外面《そとづら》を繕っているということを。

去年も学校で自殺した奴《やつ》が出た。毎日繰り返される激烈な暴力に耐えられなくなったのだろう。喧嘩《けんか》が弱い奴にとって、川崎は地獄だ。俺も七海も今日まで生き残り、高校進学を控えている。良く入試に受かったと自分でも思うが、ほぼ全員満遍なく頭が悪いので、他人と比較すれば俺程度の成績でも優秀ということかもしれない。

「愛ちゃんのことは、きっぱり諦《あきら》めたの？」

「しつこいな。あいつは川崎を捨てた女だぞ。そんな奴のことなんて、もう知らねえよ」

「それならいいけど。嫌だからね、私。あなたと愛ちゃんが元鞘《もとさや》に収まるなんてことになったら」

愛が川崎に戻ってくるなら、そういうこともありえるだろう。しかし一度川崎を出るチャンスをつかんだ者が、それを手放してノコノコ戻ってくるなんて考えられなかった。きっともう俺のことなど忘れて、新しい男とよろしくやっているのだろう。川崎のような底辺に住む男は、しょせん同じ川崎の女と付き合うしかないのだ。

愛とは幼なじみで、ずっと一緒に遊んでいた。俺は何となく、自分は愛と結婚するんだろうなと思っていた。川崎で生まれ、子供の頃からの友達と結婚し、家族を作り、川崎から一歩も外に出ないまま中年になる。そんな先輩たちは大勢いるからだ。しかし愛は川崎を出るチケットを手に入れ、俺は捨てられた。急に梯子《はしご》を外されたような気持ちになった俺に、同じクラスの七海が声をかけてきたのだ。

七海は愛の友達だった。元々俺を狙《ねら》っていたから愛と友達になったのだ、と言ってしまうと気持ちの悪い自惚《うぬぼ》れだろうか。でも、多少なりともそういう面はあったのかもしれない。愛がいなくなった途端に、彼女の位置に七海がするりと入り込んできたのだから。

「武蔵小杉なんて行かねえよ。川崎駅に行くだけでもむかむかするんだ。武蔵小杉なんてお上品な街に行ったら、むしゃくしゃして全部ぶっ壊したくなるぜ」

「怖っ」

と七海がつぶやく。

「止《や》めてよね、無差別は。あなたがそんなことして捕まったら、また川崎の印象が悪くなるよ。川崎の不良がナイフ振り回したなんて」

ぶっ壊すと言っても、別にナイフを振り回すつもりはなかったが、反論するのも面倒だったので、黙っていた。

「こんな街の印象、これ以上悪くなりようがないだろ」

「そんなことないよ。川崎の中だけでうだうだやっているのならまだしも、外の関係ない街の人に暴力振るうのは違うでしょ？」

思わず笑った。なら川崎の人間に暴力を振るうのはいいということなのか。むしろ俺の気持ちは逆だ。川崎という地獄のような街で、俺たちがどれだけ地べたを這《は》いずって生きているのか、悠々自適に暮らしている連中に見せつけてやりたい。だからぶっ壊したいのだ。ぬくぬくとした平和で安定した奴らの生活を。

俺は七海と一緒に、手を取り合って回廊を歩いた。高校入学までの暫《しば》しの春休み。休日の昼間には、浮かれた奴らがコスプレをして写真を撮ったりしているが、平日の夕方ともなると、俺たち以外に人の気配はない。

川崎大師に隣接する大師公園の中に、瀋秀園はある。川崎市の姉妹都市、中国の瀋陽《しんよう》市というところから贈られた庭園なのだそうだ。こんな治安の悪い街にあるのだから、そこら中が落書きだらけになっても不思議ではないと思うが、昔っからここは小綺麗《こぎれい》だ。万が一、中国からお忍びで様子を見に来られたら困るから毎日掃除をしているのだろう。外面ばかりを気にしている役所がやりそうなことだ。

「そうそう、今日はあなたにその話をしに、ここに来たの」

と七海が言った。

「なんだよ。本気で俺が通り魔でもやらかすと思ってんのか？　冗談に決まってんだろ！」

俺は笑ったが、しかし七海は真剣だった。

「ここで、見たんだって。美咲《みさき》先生が」

美咲先生というのは、俺たちの中学時代の担任だ。後藤《ごとう》美咲。笑顔をほとんど見せないメガネの暗い教師だ。真剣に俺たちと向き合っている感じは皆無なので、生徒たちからの人気は高い。教師たちの中には俺たちを更生させようと目論《もくろ》んでいる偽善者もいるが、もちろんそんな先公はウザいだけだ。放《ほう》っておいてくれるのが一番いい。コミュニケーションなんて端《はな》から望んじゃいないのだから。

「後藤なんかと話するのか？」

「私じゃないよ。楓《かえで》が美咲先生に聞いたんだって」

楓というのは七海の友達で、噂《うわさ》好きの女子だ。誰《だれ》にでも話しかけて仲良くなろうとしてくるので、皆から煙たがられている。ああいう女なら、後藤とも積極的に話をするのかもしれない。

「後藤が何を見たんだって？」

七海は少し声をひそめて、

「奈良邦彦《ならくにひこ》を」

と言った。

俺は思わず笑った。奈良邦彦は伝説の殺人鬼だ。出会ってしまったら命がないと言われている。

俺も小学生の頃は、親に散々言われた。悪さをすると奈良邦彦が殺しに来ると。でも俺はそんな言葉を信じなかった。相手が善人だろうが悪人だろうが、無差別に殺すから殺人鬼なのではないか。とにかく噂だけの存在。実際、奈良邦彦を見た人間なんて誰もいないのだから。

「嘘つけ」

「嘘じゃないよ」

「じゃあ、どうして後藤は生きてんだ？　出くわしただけで殺されるんだろう？」

「走って逃げたんだって！　美咲先生がよ⁉」

確かにあの女が慌てふためくなんて、よほどの非常事態と言えるかもしれない。ああ、楓からその話を聞いたから、七海は俺をここに連れてきたんだな、と思った。

「どうして奈良邦彦って分かる？　本人を見たこともないのに」

「見たことあるのよ」

「どこで？」

するとと七海は黙り込んだ。

「なんだよ。言いだしたのはそっちだぞ」

「——私も楓から聞いてビックリしたもん。美咲先生のそんな秘密、言いふらしていいの？　って訊《き》いたけど、先生、楓に言ったんだって。私のせいで皆に危害が及んだら嫌だから警告のために話すって。楓って明るくてお喋《しゃべ》りでしょう？　そんな楓に打ち明けるんだから、ぱーっと噂が広まるって美咲先生は分かってるのよ」

「まどろっこしいな。ハッキリ話せよ」

七海は顔を上げ、俺の目をしっかりと見て、言った。

「美咲先生、後藤家殺人事件の生き残りだって」

「えっ？」

思わずそうつぶやいて、俺は凍りついた。

「後藤家って、あの後藤家か？」

「そう！　驚きでしょう⁉」

川崎に住む者で、後藤家殺人事件を知らない者はいない。川崎の悪名を決定づけた事件と言われている。

「──後藤なんてありふれた名前だから、関係あるなんて思わなかった」

俺はそうつぶやいた。

もし相手が生徒だったら冗談で、お前、後藤家殺人事件と関係してるんじゃねえの？　などと軽口を叩《たた》くこともあったかもしれない。でも、相手が教師だとそういう冗談を言おうという発想にもならない。もちろん、うちの担任、あの殺人事件で犠牲になった家と同じ名字だな、と思う生徒がいたかもしれない。俺だってそう思わなかったことがないとは言えないが、真剣に考えることなくすぐに意識から消えたはずだ。

「美咲先生、奈良邦彦に家族皆殺しにされたんだよ！」

普通、事件や事故のニュースでは、被害者側の家族構成が報じられることはままあるが、名前に関しては被害者本人しか報じられない。確かに今、言われてうっすらと思い出した。あの事件には生き残った小学生が一人いると。事件当日は修学旅行で箱根《はこね》に行っていて無事だったという。

俺が生まれる前の事件だが、親や教師など大人たちは、その事件に何かしら教訓めいたものを感じたのだろう。よく子供たちに話しているので、皆知っているのだ。

そう言えば後藤から後藤家殺人事件の話を聞いたことは一度もなかった。必要以外のことを話さない担任だから疑問にも思わなかったが、それも事件の関係者であったのなら頷《うなず》ける。

「後藤が生き残りだったのか――」

俺はぽつりとつぶやいた。

単なる無口で暗い女と思っていたが、家族がそんな悲惨な目にあったら、そういう性格になって当然かもしれない。俺は初めて自分の担任だった女のことを真剣に考え、そして同情した。

「でも本当なのか？」

「本当だよ！　そんな嘘つくと思う？」

「違う。後藤がここで奈良邦彦を見たって話だよ。確かにあいつは捕まってない。でも何でこんなところにいるんだよ？　事件がトラウマになっているから、そこらのおっさんを見間違えただけじゃないの？」

七海は俯《うつむ》き、

「見たことあるんだって――お姉さんにストーカーみたいに付きまとっていて、家にまで来たんだって。ぞっとするでしょう？」

「その時に見たってこと？」

「うん」

「後藤家殺人事件って、何年前の事件だっけ？」

「二十年前」

「大昔じゃん。そんな昔にちらっと見ただけの奴をはっきり覚えてるのか？」

　すると七海は自分の顔を指さし、

「傷があるんだって、顔に」

　と言った。

「そうなのか？」

　奈良邦彦に関する噂は多い。体重百キロを超す大男だとか、鉈《なた》を使わせたら敵《かな》う者はいないだとか。だがどれも眉唾物《まゆつばもの》だ。大方、その顔に傷があるというのも、噂の尾ひれだろうと俺は思った。

　だが、他の噂よりは信憑性《しんぴょうせい》があるようだった。

「美咲先生のお姉さん——美月《みづき》さんって言うんだけど、警察が駆けつけて来た時はまだ息があったんだけど、結局助からなかったんだ」

　俺は頷いた。

「それは聞いたことがある。病院で死んだ犠牲者がいるって」

だから犯人が奈良邦彦だと、比較的早い段階で判明したのだ。犠牲者が証言したから。

「襲われた時、美月さん、奈良邦彦の顔を爪《つめ》で引っかいたんだって。かなり深い傷をつけたみたい」

確かに爪を伸ばしている女は多い。七海も爪は長い方だ。引っかかれたら敵わないなと思う。でも、

「爪で引っかかれた傷が、二十年経《た》った今でも残ってるのか？　メイクかなんかじゃないの？　誰かが後藤を驚かせるために、奈良邦彦のコスプレをしてたとか」

川崎はハロウィンが盛んだ。地獄みたいに治安が悪いから、自虐的に化け物の格好をしたがるんだろうと俺は思っている。それはともかく、化け物の扮装《ふんそう》をすることに比べれば、殺人鬼の方が手軽で安上がりだろう。ましてや顔に傷をつけることぐらい。

「警察も顔の引っかき傷ぐらいじゃ手がかりにならないって考えたみたい。だから指名手配の時にも、顔の引っかき傷は重要だとは思われなかった。でも美咲先生とここで会った男には引っかき傷があった。もしその男が偽の奈良邦彦だったら、わざわざ顔にメイクまでして傷をつける？　おかしいじゃない。奈良邦彦が美月さんに引っかかれたことは、警察の一部と美咲先生しか知らないんだよ？」

後々まで残る傷をつけたと美月は自覚していたのだろう。だからこそ警察に証言したが、

重要視されなかったのか。

「後藤、ここで二十年ぶりに奈良邦彦と会ったんだよな？」

俺は周囲を見回してゾッとした。臆病者《おくびょうもの》だとは思われたくないし、七海の話を完全に信じた訳ではないが、もし本当だったらと思うといい気持ちではない。何しろ相手は伝説の殺人鬼だ。

「美咲先生はそう言ってたって」

「よくそんなところに俺を連れてくるよな。度胸試しのつもりか？」

「だって、あなたは私の一番大事な人だもん。そんな重要な話を聞いて、黙ってる訳にはいかないでしょう？」

一番大事な人か。俺は今、七海と付き合っている。だから俺も七海を一番大事な人と思わなければならない。しかし脳裏に愛の顔がちらつく。

一番大事な人、その言葉を愛の口から聞きたかったと思わなくもない。いつだってそこにあって当たり前のものは、失って初めて特別になる。

「後藤は可愛《かわい》い教え子に警告するためにその話をしたんだろう？　奈良邦彦に注意しろって。それなのに奈良邦彦が現れた場所に俺を案内するなんて酷《ひど》いぜ」

「それはビビり過ぎなんじゃない？　美咲先生がここで見たってだけで、別に奈良邦彦がここに住んでる訳じゃないんだから」

「住んでるのかもしれねーぞ」

俺は真顔で七海を見つめた。

「後藤が奈良邦彦を見たっていうのは、いつの話だ?」

「正確なことは分からないけど、結構最近なんじゃないかな。楓、良く美咲先生と話してたけど、後藤家殺人事件のこと初めて知ったって言ってたから。美咲先生だって、できれば自分がそんな有名な事件の関係者だなんて知られたくはなかったと思う。でもあえて言ったのは、あなたの言った通り、私たちに警告するためだったのかも」

だとしたら、あの暗くて無口な担任も、俺たち生徒のことをある程度は想《おも》ってくれていることになる。

「もしそいつが本当に奈良邦彦だったとしたら、二十年ぶりに川崎に姿を現したってことだ。姿を目撃された近辺を根城にしていても不思議じゃない。ましてやここは通り抜けできるような場所じゃないんだから」

この庭園は、池をぐるりと取り囲む回廊を歩き、入ってきた楼門に再び戻るような構造になっている。つまり出入り口は一カ所しかないのだ。ここで奈良邦彦が目撃されたことが本当だとしたら、彼はこの庭園を目的としてやって来たことになる。どこかの道すがら目撃された場合とは訳が違うのだ。

「怖いこと言わないでよ!」

俺は改めて庭園を見回した。鬱蒼《うっそう》とした緑の木々に取り囲まれ、人が一人隠れ住むスペースぐらいはあるかもしれない。

「後藤を問い詰めなきゃなんねえな」

卒業してまで担任と会いたくないのは事実だが、半ば本気で俺は言った。

「そもそも何で後藤はこんなところに来たんだ？　奈良邦彦と会うためじゃないのか？　後藤家殺人事件の犯人と生き残りがこっそり会ってたんだ。これってグルってことじゃないか」

「グル？　美咲先生も共犯ってこと？」

「ああ。何で後藤が修学旅行で家にいない時を見計らったみたいに、後藤家殺人事件が起きるんだよ。どう考えたっておかしいじゃん」

「じゃあ、どうして楓に奈良邦彦と会ったってことを言うの？」

「そりゃ、あれだ。交渉決裂ってやつ」

「二十年も上手《うま》いことやってたのに、今更仲間割れ？　どうして？」

「だからそれを問い詰めるって言ってるんだよ――」

その時、俺は七海の背後に誰か立っているのを見た。向こうの、この庭園に入る時に通り過ぎた岩の前に立っている。大柄な男だ。表情は逆光になっているので見えないが、こちらをじっと直視しているのは分かる。

俺の視線に気付いたのか、七海も後ろを振り向いた。

「やだ、なにあの人——怖い」

まさか。

俺は七海と顔を見合わせた。

男は直立不動で動かない。こっちを見ているだけで何もしていないのだから、放っておけばいいのかもしれない。しかしこの庭園から外に出るためには、とにかく向こうに行かなければならないのだ。

俺には、まるで男が俺たちがここから帰るのを邪魔しているように思えた。

「おい！　なんか用かよ！」

俺は大声で叫んだ。するとその声で男がゆっくりとこちらに向かって歩き出してきた。

俺は思わず身構えた。七海が俺の腕にしがみつく。

見たことのない奈良邦彦の顔が脳裏をちらつく。悪魔のような顔をしていることは間違いない。顔の引っかき傷が余計にその悪魔ぶりに拍車をかけている。七海なんか放って、今すぐに逃げ出したくなる衝動に襲われる。でも女を置いて逃げるなんて男のクズだ。第一、どこにも逃げる場所なんてないのだ。

「おい！　なんだよ！」

俺が怒鳴り声を上げても、向こうはまったくひるまない。歩の進みをゆるめず、急がず、一定のスピードでこちらに近づいてくる。その機械じみた所作も俺と七海を驚怖させた。

そう、機械だ——奈良邦彦は。人間の心があったら、一家丸ごと皆殺しにしようなどとはしない。俺や仲間も大人たちから不良と罵《ののし》られることがある。だけどどんな不良だって、そこまで酷いことはしない。

男が俺の前に立ち、その顔貌《がんぼう》があらわになる寸前、俺はこんな場所に連れてきた七海を恨んだ。七海をはじめ皆に余計なことを言いふらした楓も、その話を楓に言った後藤も。こんなところに来なければ——。

その思考は、男が目の前で立ち止まり、彼の大きな身体《からだ》を思わず見上げた瞬間に断ち切られた。

作業着のような灰色の服、短く刈り上げた髪、日に焼けた肌、そしてその顔は——。

傷一つなかった。どんなに目を凝らしても、後藤の姉の美月がつけたと思《おぼ》しき傷は、これっぽっちもなかったのだ。

「そろそろ出てってくれませんか。閉園時間なんで」

と彼は言った。俺は脱力して思わずその場にしゃがみ込みそうになった。この庭園を管理している役所の人間だろう。そういえば近くに川崎区役所の出張所があった。

「まだこんなに明るいじゃないか！」

ほっとした気持ちと、人影を見たぐらいで怯《おび》えた気恥ずかしさがない交ぜになって、俺

は思わず当たり散らした。男はむっとしたような顔になって、

「閉園は四時だ。看板見なかったのか？」

確かに門のところに、小さな立て看板があったような気がする。

「そんなに重要だったら、もっとでっかく掲げといてくれよ！」

七海が俺の服を引っ張る。

「もういいよ。行こうよ」

だが相手が我慢ならない様子だった。

「なんだあ？　その口の利き方は。お前らどこの生徒だ？」

こうなるとこっちも引き下がることはできない。

「お前に関係あんのかよ！」

「なにを――」

「いいよ！　もう行こうって！　こんなおじさんほっときなよ！　喧嘩なんかしたら入学取り消されるかもしれないよ！」

七海が俺たちの間に割って入って来た。職員は鼻で笑った。

「入学？　じゃあ今度、高校か？」

大学と言わなかったのは、見た目の幼さから判断したわけでは多分ない。川崎なんかにたむろしている俺たちのような人間が、大学に行けるわけがないと侮《あなど》っているのだろう。

事実だったから余計に腹が立った。実際、俺の身近な大人たちは皆、学校の教師などを除けば、ほぼ高卒だ。中卒も珍しくない。

「そうだよ！　悪いのかよ！」

「D高に行くのか？」

職員は俺たちが来月から通う高校の名前を言った。

「どうして分かるんですか？」

と七海が訊く。

「分かりきったことを！　顔で分かる！　服装で分かる！　口調で分かる！　お前らにほとほと手を焼いてるからな！」

職員は俺と七海を指で差し、怒鳴り散らした。

「お前らみたいなもんは川崎の恥だ。お前らみたいなガキが川崎の評判をどんどん落としてく。この間親戚《しんせき》連中に、川崎の役所で仕事してるって言ったら危険だから辞めた方がいいって心配されたわ！　お前らチンピラに暴力を振るわれるから！」

「チンピラじゃありません！」

七海が叫んだ。

理不尽だった。何故《なぜ》ここまで言われなければならないのか。きっと手を焼いているというのは本当で、過去に俺らと同じ年代の奴らが、こいつらに悪さでもしたのだろう。だからと言って、俺たちをはけ口にされてはたまらない。それは八つ当たりと言うものだ。

「俺たちが悪いんじゃない！　川崎が悪いんだ！　この街がこんなだから、俺らもこんなふうになるんだ！　川崎の評判を落としているのは俺らじゃない！　あんたらだ！」

叫びながら、俺は涙が出そうになった。こんな感情が沸き上がることが、自分でも意外だった。大人に説教を食らうのは日常茶飯事だったはずだ。それなのに、何で俺はこんなに本気になっているのだろう？

多分、愛のことを考えていたからだ。

七海はいい子だ。でも長続きしないのではないかと思う。少なくとも愛の時にぼんやりと思い描いた結婚のイメージが、七海とはまるで頭に浮かばない。愛のことが忘れられないから。こんな気持ちで七海と付き合っても、きっと本気で好きにはなれない。

俺も川崎を出て、また愛と付き合いたい。でもそれは無理だ。この底無し沼のような川崎に足をすくわれ、どこにも行けない。愛が川崎を出られたことが奇跡なのだ。奇跡は二度は起こらない。

すべては川崎をこんな街にした大人たちのせいだ。そして今、目の前で俺に偉そうに説教をこいているこいつも、その大人たちの一人なのだ！

職員は俺の剣幕を目にして、ヘラヘラと笑った。ガキが何をムキになってるんだ、と言わんばかりの態度だった。

「はいはい、分かった分かった。とにかく早くこっから出てくれませんかねえ。閉園時間なんですから」

その子供をあしらうような態度に、俺は頭に血が上った。七海の前で格好悪いところは見せられないのは事実だが、そんな小さなプライドよりも、川崎という街で生まれてしまったことの恨み辛《つら》みを、この男にぶつけなければ気が済まなかった。

俺は職員の襟首をつかんだ。もちろん相手の方がでかいから、まるで意味のない反抗だった。しかし、やらずにはいられなかった。

「お前、何をするんだよ！」

職員が俺の手首をつかんで、無理やり自分の襟首から引き離した。彼の服のボタンが弾《はじ》けとんだ。

「このクソガキ――」

職員は俺の手首をつかんだまま、無理やり出口の方へ引きずろうとする。

「放せ！　放しやがれ！」

「警察呼んでやるからな。みっちり絞られて反省しろ！」

「止めて、止めてよ！」

七海も職員の手を俺から引き離そうとする。しかし職員は物凄《ものすご》い力で、俺たち二人だけではどうしようもない。七海は俺もろとも回廊をズルズルと引きずられていく。

その時、職員が声を上げて、俺の顔面に滴《しずく》のようなものが飛んできた。彼が激昂《げきこう》して、その勢いで唾が飛んだのだと思った。

「なんだよ！　汚ねえな！」

今まで俺を無理やり引きずっていた職員の手から力が抜けたことに気付いた俺は、すかさず相手の手を振りほどいて後ずさった。七海が俺にしがみつく。そして俺たちはゆっくりと職員の顔を見上げた。

職員の額から血が一筋垂れていた。鼻の頭まで垂れて、ポタポタと滴が下に落ちてゆく。思わず自分の顔に手をやった。指先が赤く濡《ぬ》れた。飛んだのは彼の唾ではなく、血だった。汚いと思うよりも、何故あんなところから血が出ているのだろうという疑問が先に立った。職員は滑稽《こっけい》な寄り目になっていた。自分の頭部の出血部分を、必死に見ようとしている様子だった。

職員の頭から何かが生えていた。それはまるで鶏冠《とさか》のようでもあった。あんなものが生えているのに、何故すぐに気付かなかったのだろう——生えている何かは黒っぽく完全に髪と色調が同じだったから、真っ赤な血の方が先に目に入ったのだ、とどこか冷静に分析している自分がいた。

そして、その鶏冠のような何かが急に職員の頭から引き抜かれた途端に、彼の身体はまるで糸が切れた操り人形のように、その場に崩れ落ちた。それで——初めて、気付いた。

職員の背後にいた、もう一人の人物に。

彼と同じように、大きな身体をしていた。黒くて長いコートを着ている。その下も黒っぽい服を着ているが、コートが邪魔してどんな服か良く分からない。顔は逆光になっていて見えない。その表情も。

そして、その手には。

血が滴る、金属製の細長い物体が握られていた。

鉈という言葉を思い浮かべるまで、暫《しばら》くかかった。

俺は、視線を落として倒れ込んでいる職員を見やった。

頭が卵のようにぱっくりと割れ、そこからクリーム色のドロドロとしたものが零《こぼ》れだしていた。あれは脳だ。見たことはないけど脳に違いない。だってあんなところから溢《あふ》れているんだから！

その瞬間、七海がつんざくような悲鳴を上げ、俺は我に返った。七海は男から逃げるように回廊を走り出す。俺は慌てて七海の後を追った。決して後ろを振り返らず。すぐ後ろを男が追っているような気がした。立ち止まったら、あの職員のように頭を鉈で叩き割られると思った。

回廊は池の周囲をぐるりと取り巻いている。池に沿うように回廊を曲がった瞬間、背後が見えた。男は追っては来なかった。職員の死体を前に、じっと立ち尽くしていた。七海もそのことに気付いて、どうすればいいのか分からずオタオタしていた。このまま走り続けても、また向こうの方に戻るだけなのだ。もちろんそのまま出口から逃げればいいだけだが、あの男が俺たちを見過ごすとは思えない。

「七海！」

俺は七海に駆け寄った。恐怖で涙を流しながら、七海は絶叫した。

「いた！　あいつがいた！　先生が言った通り、あいつが！」

「まだ奈良邦彦だと決まった訳じゃない！」

「何言ってるの⁉　どうだっていいじゃない、そんなの！」

その通りだ。誰であろうと関係ない。今、俺たちの目の前に、いけすかない区役所の職員の頭を鉈でかち割った殺人鬼がいる——事実はそれだけだ。

「こんなところに来なきゃ良かった！　来なきゃ良かった！」

「落ち着け！」

俺は思わず声を荒らげた。俺は奈良邦彦——と思われる男——をじっと見つめた。男は微動だにせず、こちらを見つめている。

携帯があれば、と思った。今すぐに一一〇番通報できるのに。中学生にはまだ早いと、親が持たせてくれないのだ。七海もそうだし、同年代で携帯電話を持っている人間は、俺の知る限り誰もいない。そんなものを持たせたら、子供同士の関係が密になって、余計に不良化が進むと思っているのだろう。俺は大人たちを恨んだ。子供が加害者になることばかり心配して、被害者になる可能性などこれっぽっちも考えないのだ。

その時、男が派手に足音を立てながら、こちらに向かって駆け出してきた。七海が絶叫する。男が回廊の角を曲がった瞬間、俺は七海の手を握りしめて、庭園の出口に向かって走り出した。

「赤星《あかぼし》君！」

七海が俺の名を呼んだ。七海は足がもつれて上手く走れない様子だった。彼女の手を離せば、少なくとも俺だけはこの回廊から脱出できるだろう。でもそんなことはできない！

背後から聞こえる男の足音が段々遠ざかってゆく。俺は僅《わず》かに安堵《あんど》した。あのでかい身体だ。身のこなしは良くないのだろう。角をもう一つ曲がってまっすぐ走れば、出口はすぐそこだ！　俺は助かる！

角を曲がった時、ちらりとでも後ろを見るべきだったかもしれない。ただ回廊には等間隔に真っ赤な柱が立っているので、見通しは良くなかった。目を凝らして今、男がどこにいるかを確認するよりも、一刻も早くここから出ることが先決だと考えた。庭園の外は、広々とした大師公園だ。ここから出れば、後はどこにだって逃げられる。

来た時に通り過ぎた、岩のようなモニュメントが目に入った。

あそこだ。

あそこを通り抜ければ、ここから逃げられる。

ここから――。

その瞬間だった。

左の方から物凄い勢いで巨大な物体が突っ込んできた。そして俺と七海はもんどりうって石畳に転倒した。俺は一瞬で、自分の考えの甘さを悟った。最後の角を曲がる時に、スピードを緩めてでも周囲を確認するべきだったのだ。

否《いや》、もっと早く、せめて背後の足音が小さくなった時に、後ろをちらりとでも見ていれば。普通に追いかけても俺たちを捕まえられないと悟った男は、すぐさまその場でUターンしたのだ。そして出口に同時に辿《たど》り着いた。

「嫌ぁ――――!」

七海の叫び声で我に返った。七海が男に腕をつかまれて身体を引きずられている。七海は請うような目で俺を見ていた。俺の助けを求めていた。でも俺は何もできなかった。たとえ七海を助けられなくても、たとえそれが虚《むな》しい悪あがきだろうが、男に立ち向かうことはできたはずだ。しかし俺は何もできなかった。鉈を持った、あんな身体の大きな男に敵うわけがない。そんな恐怖が、俺の身体からすべての行動力を奪っていた。

俺は男につかまった七海を、呆然《ぼうぜん》と見ていることしかできなかった。その瞳《ひとみ》に映るのは、俺への軽蔑《けいべつ》だった。終わった、と思った。仮に、ここから二人生きて逃げられたとしても、俺たちはもう終わったのだ。

「畜生！」

七海が泣きながら絶叫した。

「放せ！　放しやがれ、この野郎！」

その小さな身体のどこにそんな力が残っていたのだろう。七海は物凄い勢いで暴れ回り、男の足を何度も蹴《け》り上げた。同時に、つかまれた手を強く引き、何とかして男から逃れようとする。男も負けじと七海の手を引っ張る。もちろん、男の方が力が強い。男は七海を強く引く。池の方へ。

「わ！」

七海が声を上げる。七海と男がバランスを崩して、そのままの勢いで池に落ちた。派手な水しぶきが上がる。

静寂。

「——七海」

俺は呆然とつぶやいた。

「七海！」

俺は二人が落ちた場所に駆け寄った。跪《ひざまず》いて、緑色のまるで底が見えない池に向かって、大声で叫んだ。

「七海ぃ！」

その瞬間、水面から七海が顔を出した。池の水を飲んだらしく、げえげえと噎《む》せている。

「七海！　大丈夫か⁉」

俺は七海に手を伸ばした。七海は冷たい目で俺を見据えた。七海は俺を一生許さないだろう。しかし彼女は、俺の方に手を伸ばしてきた。喧嘩は後でいくらでもできる。今はここから逃げることが先決だ。

俺も柱につかまりながら、必死で七海に手を伸ばした。しかしなかなか届かない。俺は身を乗り出すようにして手を伸ばす。七海の指先に触れる。更に身を乗り出して、七海の手をしっかりと握る。七海も強く握り返す。

だが、その時、水面から、右手に鉈を振りかざしながら、物凄い勢いで男が飛び出してきた。

俺は見た。

男の顔を。

俺から見て右側――つまり男の左半分の顔には、額から左目を貫いて口元まで走る、大きな一筋の傷跡《きずあと》があった。まるで引っかかれたような――。

男の左目は濁り、黒目まで真っ白だった。その目には何も映していないかのようだった。

しかし右目は――。

降り注ぐような、憎悪と悪意に満ち満ちたような視線だった。その視線はまっすぐに七海だけをとらえていた。そのねじれたように歪《ゆが》んだ唇が、今にも恨みの言葉を吐き出しそうでもあった。

男は鉈を持った右手を振りかざした。

俺の手を握った七海の手首に、い、い、い、い、い、手首に。

「ギャッ！」

七海の断末魔の悲鳴と共に、俺は思わず回廊の石畳の上に尻餅《しりもち》をついた。男に襲われて七海の手がすっぽ抜けたせいだと一瞬思った。

でも、そうではなかった。

俺は今なお、七海の手を握っていた。

い、い、い、七海の手首を。

手首から先は、何もなかった。鋭利な鉈によって一太刀で切り取られた手首の切断面からは、どくどくと血が溢れ出して石畳を真っ赤に汚している。

俺は慌てて七海の手首から手を放した。七海の手首はころころと石畳の上に転がって、池に落ちる手前で止まった。

七海の手。

俺は震えながら、切断された七海の手首に手を伸ばした。今の俺にとって、その手首は七海そのものだった。こんなちっぽけになってしまっても放しちゃいけないと思った。でも——。

怪鳥のような声と共に、目の前の水面が爆発した。その時、俺は確かにそう思った。飛び散った池の水で、俺はずぶ濡れになった。衝撃で、七海の手首がぽちゃんと池に落ちる。だが俺はもう、そのことに気を留める余裕もない。

俺は見た。

池から、区役所の職員と、そして七海を殺した男が、鉈を持ったまま這い上がってくるのを。

俺は絶叫した。そして男に背を向けて、全速力で走り出した。滃秀園を出て、大師公園に入る。夕方のせいか、人気《ひとけ》はまるでない。いつもは親子連れで賑わっている、大きな遊具も、芝生も、カラフルなベンチも、人々がいない今は、まるで人類が死に絶えた後の世界のようだった。しかしここまで来ればもう安心だ、そんな根拠のない思い込みが、俺を立ち止まらせる。そして息を切らせながら、後ろを振り向いて様子を窺《うかが》う。

男はすぐ後ろにいた。男の身体から滴が無数に垂れて、土の地面を濡らしている。男の鉈を持った手が、俺の頭上にあった。今まさに、鉈を振り降ろす瞬間だった。俺は慌てて身体を反《そ》らして攻撃を避《よ》ける。鉈が俺の耳元をかすめ、空気を切り裂く音が鼓膜を苛《さいな》む。

俺は絶叫する余裕すらなくし、再び走り始めた。そして男は俺を追ってくる!

「助け――助けて――」

俺は走りながら助けを求めるが、恐怖と焦燥感で、上手く言葉が出てこない。自然に足は人通りが多いであろう通りに向かった。川崎大師、平間寺《へいげんじ》に続く道には、達磨《だるま》やまねき猫の置物、くず餅など、年寄りが好みそうな土産物屋《みやげものや》が軒を連ねている。さすがに人で賑わっているだろうから、あいつもそんな場所で殺人を起こそうとは思わないだろう。

しかし俺はその通りに入った瞬間、愕然《がくぜん》とした。平日の夕方は、観光客なんて人っ子一人いないのだ！

「警察――誰か――警察――」

俺は息も絶え絶えになりながら、周囲に助けを求めた。土産物屋の売り子たちは、一様に驚いたようにこちらを見るが、誰一人俺を助けるために外に出てくる者はいない。

平間寺の大山門の前に来た。瀋秀園のカラフルな楼門がおもちゃに思えるほど、巨大で風格ある門だ。俺は石畳に足をもつれさせながら大山門を潜《くぐ》り、平間寺の中に入った。やはり人は少ない。向こうにある大きな壺《つぼ》から、線香のような匂《にお》いの、抹香臭《まっこうくさ》い煙が流れてくる。俺はその常香炉《じょうこうろ》に向かって走った。向かってどうするか、まるで考えはなかった。何も考えられなかった。あいつはすぐ後ろを走って来る。助かるとは思えなかった。あの区役所の職員が殺されて、七海も殺されたのだから、俺も殺されるのが筋だと思った。

また足がもつれた。だが俺は体勢を立て直すことができず、そのまま常香炉の前に倒れ込んでしまう。

　立ち上がる気力もなかった。

（シヌンダ――ココデシヌンダ――）

　俺は目を閉じ、歯を食いしばり、全身を貫く激痛を覚悟した。

　しかしいつまで経っても、俺に死は訪れなかった。俺は目を開け、恐る恐る身体を起こし、後ろを振り返った。

　背後には誰もいなかった――いや。

　今走って潜り抜けてきた大山門の向こうに、あいつはいた。手に鉈を持ち、こちらを向いたまま、その場でうろうろしている。

　俺はあいつから視線を逸《そ》らせなかった。今のうちに逃げろ、と頭の中で誰かが言った。

　それでも俺はあいつを見つめ続けた。あんなところで何をしてるんだろう。何故、襲ってこないんだろう。そんな疑問が見え隠れした。

　やがて男は、大山門を潜ることなく、ゆっくりとこちらに背を向け、今来た土産物屋が並ぶ通りを引き返して行った。

　そして完全に姿を消した。

○

『川崎の大師公園で女子中学生死亡』

床に広げた夕刊の記事を、愛は食い入るように見つめていた。最近はプライバシーがうるさいから、被害者の名前でも簡単には報道されない傾向にある。この記事も、その例に漏れない。万が一、自分と仲が良かった友達が犠牲になっていたらと思うと、愛は気が気ではなかった。

「まあ、怖い」

と洗濯物を干し終わった母が、記事を一瞥《いちべつ》して言った。

「やっぱり、あんな治安の悪い街、引っ越して正解！　あなたがその子みたいになったらと思うと、お母さんゾッとする」

武蔵小杉に越してきた自分たちにとっては、川崎でどんな事件がおきようと所詮《しょせん》、他人事《ひとごと》だと思っているのだ。死んだ子の母親は、今頃ゾッとするどころか、気が狂わんばかりに悲しんでいるだろうに。

愛は母を見て、怖《お》ず怖《お》ずと訊いた。

「川崎大師に行ってもいい？　友達が心配だから」

「駄目!」

母は即答した。もちろんそう答えるとは思っていたが、そこまで間髪を入れず言わなくてもいいのに、と思う。

「人殺しが起きているんだよ？　そんな街に子供を行かせようとする親がいると思う？」

「ちょっと様子を見に行くだけだよ。すぐに戻ってくる」

「許しません！」

母が大声をあげた。愛は思わず、身体がビクンとなった。

母はしゃがみ込んで、愛の手を取り、その目をしっかりと見据えて言った。

「お母さん、お嫁に来る時に、親戚の皆に言われたの。川崎の男の人と結婚するなんて賛成しない、今すぐ考え直しなさいって。でもそんなことはできなかった。だってお腹《なか》の中にはもうあなたがいたから。川崎なんかで産み落として、あなたにはずっと申し訳ないと思ってたのよ」

「私、お母さんが川崎で私を産んだことを、恨んだりなんてしてないよ」

その愛の言葉を、母は綺麗に無視した。

「お母さん、あなたのためにも、一日も早く川崎から出たかった。お父さんが会社で昇進して、やっとその夢が叶《かな》ったのに、川崎に戻りたいってどういうこと？　川崎のことは忘れなさい。それがあなたのためなの」

「――武蔵小杉は川崎じゃないの？」

どうしてそんなに武蔵小杉をありがたがるのか、愛は疑問だった。住所上では武蔵小杉も川崎市だし、愛は最先端の街と言ったら、真っ先に都内、たとえばお台場《だいば》などを思い出す。武蔵小杉に越したぐらいで川崎を見下すのは、田舎者《いなかもの》の証明のような気がしてむしろ恥ずかしいと思う。

「とにかくあっちは駄目！　こっちの方が住民の程度がいいし、ちゃんと勉強すれば大学にだって行ける。何が不満なの？」

「不満はないよ。こんないいマンションに住めて嬉《うれ》しい。でも昔の友達にも会っちゃいけないの？」

母は無情にも頷いた。

「まだあなたは十五歳。川崎に染まり切ってない今のうちに、あっちの繋《つな》がりを切る必要があるの。川崎の不良がどんなか知ってる？　落ちこぼれだから、どんどん高校を中退していく。良くて高校卒業しても、せいぜいそこまで。大学には行けない。不良同士で結婚して、子供を産んで、一生低所得者のまま川崎で暮らす。お母さん、あなたにそんな惨めな人生を送って欲しくないの」

理不尽だったが、強くは言い返せなかった。愛自身、感じていたのだ。武蔵小杉で暮らすと友人たちに告げた時の、彼ら彼女らからの嫉妬《しっと》の視線を。そして別れの涙を流しながらも、心には友人たちへの優越感があったことを。

自分自身、川崎を見下していた。そんな自分を認めたくないから、余計に川崎に戻ろうとしている。すべて欺瞞《ぎまん》なのかもしれない。

「――でも、皆が心配だから」

「あなたが心配するほどの事件なの？　だったら尚更《なおさら》行かせられない。今に始まったことじゃない。イジメを苦にして自殺したり、家出してそのまま行方知れずになったり――あなたにそんな事件に巻き込まれて欲しくないの。お母さん、誰よりもあなたを一番大切に思っているのよ？」

愛は俯いた。母の言っていることは尤《もっと》もだったし、愛自身、母を言い負かしてまで川崎に戻りたい訳ではなかった。

「好きな男の子でもいるの――？」

思わず顔を上げた。母は、少しだけ微笑《ほほえ》んでいた。やはり女だから、娘の気持ちが分かるのかもしれない。

「じゃあ、こうしましょう。お母さんが、その子のご両親に電話をして、安否を確かめてあげる。それでいいでしょう？」

愛は首を横に振った。

「いいよ。そこまでしなくても。私が自分で直接電話する」

友人関係に親が出てくることほど恥ずかしいことはない。第一、殺されたのは女子中学生だ。彼とは無関係。携帯電話が欲しいと心底思った。親が持たせてくれないのだ。不良化が進むとでも思っているのだろう。考えが古い親には心底うんざりする。

殺人がこれで終わるという保証はない。誰が狙われてもおかしくはないのだ。だから大師公園で良くたむろしていた赤星のことも心配になった。それだけだ。むしろ、殺人事件にかこつければ、また赤星に会えるかもしれない——その程度の軽い気持ちだった。

愛は赤星のことが好きだった。向こうも愛のことを好きだったはずだ。付き合っていた、と言ってもいい関係だったのだから。

「もう、いいよ」

愛はすねたように言った。

「遂《つい》に奈良邦彦が現れたのかもしれないと思っただけ。興味あるじゃない、そういうの」

「奈良邦彦——？」

母は一瞬、何のことだか分からないようだった。

「後藤さんが殺された事件の犯人のこと？」

愛は頷いた。もちろん愛にせよ、今とっさに頭に浮かんだだけで、まさか本当に奈良邦彦が人を殺して回っているなどと考えているわけではなかった。しかし、万が一今回の事件の犯人が彼だったら、また新たな殺人事件が起きるのは間違いない。何しろ奈良邦彦は伝説の殺人鬼なのだから。

「——呆《あき》れた。あなた、友達とそういう話をしてるの？」

「するよ。だってまだ捕まってないんでしょう？　怖いじゃない」

「何年前の話だと思ってるの。とっくにどこかで野垂れ死んでるよ！」

母はそう言って、台所に消えて行った。真面目《まじめ》に話をして馬鹿を見たと言わんばかりだった。

それでいいと、愛は考えた。冗談だと思っているのなら。

もちろん母が四六時中監視しているわけではないし、自分も来月から高校生だ。もう子供ではないという自負もある。川崎大師に行って友達と会って話を聞くだけだったら、半日もあれば十分だ。母はお花の教室に通っていて、明日、新横浜《しんよこはま》に行く。いくら母でも、高い月謝を棒に振ってまで、来月高校生になる娘を監視しようとはしないはずだ。愛はそう高をくくっていた。

しかし、そう簡単にことは運ばなかった。

翌日、横浜線沿いに住む拓治《たくじ》という一つ年下の従弟《いとこ》が遊びにやって来た。正直、愛は彼のことがあまり好きではなかった。年下にもかかわらずタメ口で話しかけてくるし、それはまだしも、自分が格好いいと思っているらしいところが苦手だった。確かに、客観的に見るとハンサムの部類に入るだろう。だけど自分は女の子に好かれて当然、という気持ちが透けて見えると辟易《へきえき》する。赤星も格好いい顔だちだが、多分彼は自分では格好いいなどとは微塵《みじん》も思っていないだろう。

「何しに来たの？」

思わず訊いた。彼とはお正月や法事の時にしか会わない。もちろんその際も、愛たちの方が彼の家に出向く。幼少期は、わざわざ行くのは面倒くさいな、と思っていた。だが小学生になってそれなりの分別がつくと、今度はいつもお邪魔して悪いなと考えるようになる。でも本当はちっとも悪くはなかったのだ。だって、むしろ向こうの方が川崎なんかに足を踏み入れるのは願い下げなのだから。一度川崎の地を踏んだらたちまち殺されるとでも思っているのだろう。

母もそこまでではないかもしれないが——今までずっと殺されずに済んでいたのだから！——川崎に偏見を持っていることは同じだ。父は就職、母は結婚で川崎に越してきた。しかし愛は生まれた時からずっと川崎だった。だから父や母のように、心底川崎を憎むことができない。欺瞞だろうが何だろうが、あんな事件が起こったら、残してきた友人を心配に思うのは当然のことだ。

「引っ越してきたっていうから、様子を見に来たんだ」

愛は鼻白んだ。どう考えても、愛を監視するために母が呼んだに決まっている。娘の考えていることなんて、とっくにお見通しというわけだ。

「引っ越した途端に来るんだ。今まで、私の家になんて目もくれなかったのに」

「だって、そりゃ、川崎だから」

しどろもどろで拓治は言った。

「武蔵小杉も川崎だよ」

「あくまでも住所上の表記だろう？　皆の言っている川崎って言うのは、川崎駅周辺のことだよ」

「私が住んでたのは川崎大師の方だけど」

「いや、あっちはもっと悪い」

愛は当てつけのように、大きなため息をついた。

「私のお母さんに言われて来たの？　私が川崎に戻らないように、監視するため？」

「ああ、何かそんなこと言ってたかな。あっ、もちろん監視って表現はしていなかったけど。越してきたばかりで慣れてないみたいだから、遊んであげてくれない？　って」

再びため息。本当におせっかいな母親だ。

その母親は、拓治がやって来て舞い上がっているのか、ぬるい麦茶や野暮ったい和菓子を出して、彼をもてなしていた。

「うちに来たのは初めてだよね？」

などと母は拓治に言った。引っ越したばかりだから当たり前じゃない、と愛は思う。

「はい。結構なお宅ですね。でもマンションの高層階って、毎日大変じゃないですか？」

「私も毎日エレベーター使うの面倒くさいかなと思っていたんだけど、慣れてしまえばなんてことないの」

「まあ、そうですね。ここまで階段で昇り降りするなんて現実的じゃないと思うし。それにしても眺めがいいですね！」

窓の外に広がる武蔵小杉の町並みを眺めながら、拓治は言った。

「そうでしょう⁉　川崎に住んでいたころは借家の平屋暮らしだったから、本当に地べたを這いつくばって生活してたって感じだった。本当、夢みたい。毎日こんな景色を眺めながら生活できるし、こうやってお客さんも呼べるし」

母が拓治を呼んだのは、愛を監視させるためという理由もあるだろうが、それ以上に、今の住まいを見せびらかすためでもあったのだろう。今日のことは、拓治の両親の耳に間違いなく入る。つまり拓治を通じて彼らに自慢しているのと同じことなのだ。

そんな拓治は、母の自慢話を嫌がる様子一つ見せずに、にこにこと聞いている。こういうタイプが大人の受けがいいのかもしれない。彼の処世術にとやかく言うつもりはないが、大人に媚《こび》を売っているようなところも、彼を今一つ好きになれない理由だった。

「お母さん。お花に行かなくていいの？」

「はいはい、そうでした。ゆっくりしていってね！」

母は、ばたばたと身支度をして出ていった。母の自慢話が終わってホッとしたが、しかし今度は拓治と話さなければならず、それはそれで気づまりだった。

「監視って言っても、本気でそんなこと考えているわけじゃないと思うよ。だって今日は良くても、毎日愛ちゃんを見張っていることはできないし、それに愛ちゃんだってもう子供じゃないんだから、川崎大師に戻りたいっていうのを、無理やり止めることはできないからね」

「じゃあ、仮に私が今から川崎大師に行くって言ったら、拓治君、止める？」

「そりゃ、一応ね。でも、本気で行きたいんだったら、どうすることもできない」

「でも、行ったらお母さんに言うんでしょう？」

「まあね」

「じゃあ、あなたも一緒に川崎大師に来てよ。お母さんも、あなたが一緒だったら心配しないと思うから」

これは我ながら悪くない提案だと思った。しかし拓治は顔を曇らせて、

「いや、いいよ。友達と会いたいんだろう？　僕が一緒にいたら邪魔だと思うし」

と本気で拒否してきた。もちろん愛だって本当は、拓治みたいなお目付役が一緒だと、自由に行動できないから鬱陶《うっとう》しいと思っている。しかしそこまで川崎に足を踏み入れたく

ないんだと思うと、無性に寂しく、そして悔しい。どんなに治安が悪くても、生まれ育った街なのだ。それを全否定されては堪《たま》らない。

「不良にからまれると思うの？」

「うん。カツアゲとかされるんだろう？」

愛は呆れて笑うしかなかった。

「なんだよ。川崎ってそういうとこじゃん。カツアゲどころか、殺人事件まで起きてるじゃないか」

「大丈夫だよ。平間寺に逃げ込めばいいもん」

「――どこ？」

「川崎大師って聞いて、まず何をイメージする？」

拓治は暫く考えるような素振りを見せて、指折り数えて言った。

「不良、万引き、窃盗《せっとう》、薬物、ヤクザ、殺人――」

「違うでしょう⁉　お寺でしょう⁉　あの大きなお寺を平間寺って言うの！」

「ああ、寺のことか。年末年始に物好きな参拝客がいっぱい来るところだよね？」

物好き、という表現が引っかかったが、その程度のことではもはや腹も立たない。

「確かに、川崎大師は不良とかヤンキーとか多くて、喧嘩なんか日常茶飯事だけど、不思議と平間寺で喧嘩が起きたなんて話は聞かないのよ。だから、みんな言ってた。あのお寺には結界が張ってあるって」

拓治はおかしそうに笑った。

「結界って、そんな大げさな。たんに神社仏閣で騒ぎを起こすと、罰当たりみたいな感じがするってだけじゃない？」

「だからそれを結界って言ってるの。理由はどうであれ、実際に騒ぎが起きないんだから、何かあったら平間寺に逃げ込めばいい」

「逃げ込んでどうするの。そこでカツアゲにあわなくても、外に出ればまた同じだろう？」

愛は笑った。

「おかしい！　そこまでカツアゲを心配してるの？」

「カツアゲにあいたい奴なんていないだろう？」

「でも、殺人事件が起きてるのに、それは心配しないで、カツアゲのことばっかり言うんだもん」

「その殺人事件だけどさ、愛ちゃんの友達が殺されたってわけじゃないんだろう？」

「分かんない。新聞に名前が出てなかったから」

「もし愛ちゃんの友達が殺されたとしたら、いくらなんでも他の友達から連絡が来るんじゃないか？」

「うん――」

確かに愛も最初はそう思った。でも考えたくはないけれど、必ずしもそうとは言い切れないかもしれない。

「もしかしたら、皆もう、私のことを友達だと思ってないのかも。一人だけ武蔵小杉に引っ越したから、裏切り者って陰口でも叩いているんじゃないかな」

拓治は、ふん、と鼻で笑った。

「だとしたら、忘れなよ。そんな友達のこと。地元を離れたぐらいで縁を切るって言うんだったら、最初っからその程度の仲だったんだよ。そんな奴らが殺されようがどうしようが、わざわざ川崎大師なんかに戻ることない」

そんなことは分かっている、言われなくたって。

愛が会いたいのは赤星だった。殺人事件は単なる川崎大師に戻る口実に過ぎなかったのだ。赤星と会って、本当に自分のことを好きだったのか、もしそうだとしたらその感情は、愛が川崎大師から出たくらいで興味を失うほど脆《もろ》いものだったのか、最後にもう一度確かめたかったのだ。

愛は余計な駆け引きは止めて、単刀直入に切り出すことにした。

「殺人事件なんてどうでもいいの。私ね。川崎大師に好きな男の子がいるの」

拓治の目が泳いだのを、愛は見逃さなかった。こういうタイプの男には、あんたなんかに興味はない、とはっきり意思表示することが何より効果的だと愛には分かっていた。母は、いとこ同士は男女の関係にはならないと思っている。だからこそこうして拓治と二人っきりにさせるのだ。しかし法律上いとこ同士は結婚もできる。拓治が愛を女として見ていないとは決して言い切れない。

「さっきの話、私、本気なの。あなたがボディーガードしてくれたら、お母さんも反対しないと思うから」

「――今から行くの？」

怖ず怖ずと拓治は訊いた。愛の思った通りだった。拓治はカツアゲを何より恐れているのだから、とんでもない！　と拒否しても良いはずなのに。

愛は頷き、拓治に告げた。

「ただし、川崎大師に行ってからは別行動だけど」

「なんで⁉」

「男の子と会うのに、他の男の子を連れて行けるはずないじゃない」

「でも、それじゃあ一緒に行く意味ない」

「意味はあるよ。川崎大師でずっと一緒にいたってお母さんに嘘ついて欲しいの」

「アリバイ工作しろってか」

「まあ、大げさに言えばそうだけど」

拓治は暫く考え込んでいた。そしておもむろに言った。

「分かった。ただし今日は止めよう」

「――え？」

「昨日、事件のことを知って、昔の友達が心配になったんだろう？　急場の用じゃないってことだ」

「そりゃ、そうだけど――」

　確かに、今日いきなり向こうに行って、赤星に会える保証はないのだ。向こうには向こうの事情がある。会うにはまず彼に連絡をして、待ち合わせの時間を決めなければならない。お互い携帯を持っていないから、連絡も一苦労だ。いきなり行って会えなかったら、拓治に散々大きな口を叩いたのに、いい赤っ恥だ。

「今日は別のところに一緒に行ってよ。川崎大師に行くのは、また今度にしよう。その時は、約束する。お母さんにアリバイを証言してあげるって」

「えー――」

　愛は返事に困った。確かに赤星と会うのは、ちゃんと約束をしてからの方がいいかもしれない。でも、それとこれとは話が違う。

「いや？」

「うん」

「はっきり言うなよ！」

「だって——それってデートってことじゃないの？」

「デート？　いや、そうじゃない。取材だよ」

「取材？」

拓治は思いもかけないことを言った。

「ネットで後藤家殺人事件のホームページ作ろうと思ってるんだ」

その愛の反応は、昨日、愛が奈良邦彦の名前を出して母が見せた反応とまるで同じだった。まさか拓治の口から、後藤家殺人事件というフレーズが出るなんて、夢にも思わない。

「何で、後藤家殺人事件のことを知ってるの？」

「知らない人間がいると思うの？」

「そりゃ有名な事件かもしれないけど、あなたが関心を持つことないでしょ」

「僕の勝手でしょ。情報提供を呼びかけて、話題になれば奈良邦彦の居所がつかめるかも」

あまりにも突拍子《とっぴょうし》もないことだったから、愛はすぐに返事を返せなかった。

「居所つかんでどうするの？」

「有力な情報には懸賞金が出るだろう？　それに話題になればホームページが本になるかもしれないし、ジャーナリストの道が開けるかも」

「——本気でそんなこと思っているの？」

「ああ、マジだけど」

昨日、母に告げた言葉が脳裏を過《よぎ》った。自分はあくまでも、ほんの冗談で奈良邦彦の名前を出したのだ。いや、本当に冗談だったのだろうか？　もしかしたら、自分も本気で、奈良邦彦の犯行を疑っていたのかもしれない。本気の気持ちがまったくなかったら、とっさにあんな台詞《せりふ》は出てこなかっただろう。

「せっかく川崎まで来たんだから、現場を一度見ておきたいじゃん」

「武蔵小杉は違うんじゃなかったの？」

「幸《さいわい》区も違うよ。とにかく行きたくないのは、川崎区。川崎大師とかあっちの方」

本気か冗談かはともかく、愛にももちろん、後藤家殺人事件の現場を見てみたいという好奇心はあった。しかし、それは単なる野次馬根性だ。被害者が沢山出ている事件を面白がるなんて下品だという理性が、その好奇心を押し止《とど》めていた。

でも、現場に行きたいと思っているのは自分ではない。拓治の方なのだ。川崎に不慣れな彼のために案内する――幸区なんて愛も良く知らないが――という形を取れば、自分も拓治の好奇心のおこぼれに与《あずか》れる。

仮にこのことを母に言っても、呆れられるだろうが強く反対はされないだろう。

拓治が一緒だから。

何よりも川崎区ではなく幸区だから。

おかしい、と思った。殺人事件の現場に行くことは同じなのに。たとえそれが、何年も前の事件であっても。

●

もうとっくに閉園時間の過ぎた潘秀園の前は、しかし黒山の人だかりだった。パトカーの真っ赤なランプが人々と夜の闇《やみ》を真っ赤に染めている。黄色いロープが張られ、ここから先の野次馬の立ち入りを防いでいる。野次馬の中には、普段、お巡りと小競り合いしている連中も大勢いるだろう。しかし、さすがに事態の深刻さを悟ったのか、大人しくロープの向こう側にいる。その、下世話な好奇心を丸出しにした能天気な面が腹立たしくてたまらない。俺もあっちにいたら、面白がって笑っている野次馬の一人だっただろう。でも俺はもう向こうには行けない。七海を助けられなかった。七海を死なせた。鉈で無残に手首を切断されて、七海は殺されたのだ。

通報したのはお前か、何が起こったのか、誰が二人を殺したのか――警察官たちはあれこれ俺に訊いてきたが、俺は返事ができなかった。質問の意味は分かるのだ。しかし答えが言葉にならない。まるで思考は正常なのに、コミュニケーション能力だけがごっそり抜け落ちてしまったかのようだった。

終《しま》いには両親までやってきた。埒《らち》が明かないと警察が呼んだのだろう。何か言わないと、お前がやったことにされるぞ！　と親父《おやじ》が言った。おふくろは泣いていた。本当に俺がやったと思っているのかもしれなかった。それでも俺は口をつぐんでいた。

両親も警察官もその場から離れて、俺は一人にされた。そして例の岩のモニュメントの前で力なくしゃがみ込んだ。警察官たちの目を、ひしひしと感じた。俺が逃げ出さないように見張っているのだろう。

その時、

「赤星君」

と、俺の名前を誰かが呼んだ。聞き馴染《なじ》みのある女の声だったので、俺は力なく顔を上げた。

担任の後藤だった。もう中学は卒業しているから、元担任か。両親の問いかけにも応じなかったので、遂に後藤まで呼ばれたのだろう。

「大丈夫？」

と後藤が言った。

「――大丈夫じゃない」

と俺は答えた。

後藤相手だと話せるような気がした。両親も警察官《おまわり》も好きじゃない。でも生徒にまるで干渉しない後藤に、俺は好感を持っていた。

しかし今では、

「あんたが楓に余計なことを言ったから――」

後藤の表情が変わったのを、俺は見逃さなかった。その表情の変化で、あの七海の話は正しかったことを俺は知った。

「こんなところに来なかったら、七海は殺されなかったはずだ。そうじゃないのか？」

後藤は俺から視線を背けて、言った。

「先生は、皆に警告するつもりだった。奈良邦彦がうろついているから注意しなさいって。だけど、まさか奈良邦彦が現れた場所にあなたたちが行くなんて思わなかった」

「思わなかった⁉　行けって言っているようなもんだろ！」

俺の怒鳴り声で、周囲の警察官がこちらに近づいてくる。大丈夫ですか？　と後藤に問う者も。

「大丈夫です。もう少し彼と話をさせてください」

そう言って後藤はしゃがみ込んで、俺と目の高さを合わせた。こんな真剣な顔つきの後藤を、俺は今まで見たことがなかった。当然だ。後藤にとっては生徒の指導よりも、自分の家族を殺した奈良邦彦の方が重要案件なのだから。

「本当に、奈良邦彦が七海さんを殺したの？」

俺は頷いた。

「どうして、奈良邦彦だって分かるの？」

「顔に引っかき傷があった。左目が失明しているみたいだった。先生の姉さんが引っかいたんだろう？」

後藤は唇をわなわなと震わせていた。何か言わなければと思っているが、何も言えないのだ。蘇《よみがえ》ったトラウマに耐えるのに必死で、受け持った生徒を死なせた自責の念に震える暇《いとま》もないのだろう。

「おーい！」

俺は手を挙げて警察官たちを呼んだ。彼らは何事かとわらわらと集まってきた。

「話す気になったか？」

「まず、この先生の話を聞いてくれよ。先生は犯人を見てるんだ」

警官たちは騒然となった。

「先生、本当ですか⁉」

後藤は頷き、ゆっくりと自分と後藤家殺人事件の関《かか》わりを話し始めた。それはほとんど七海が俺にした話と同じ内容だった。警官たちは食い入るように聞いている。警察の連中は思い知っただろう——俺などよりも、遥《はる》かに後藤の方が、この事件の重要参考人であることを。

「不気味な男の声で、学校に電話がかかってきたんです。私が最後の生き残りだと。お前を殺すまで、後藤家殺人事件は完結しない。嘘だと思うなら、この瀋秀園に来い。お前の家族を殺した男がいる――」

「どうして、その時すぐに警察に連絡しなかったんです！」

後藤は少し黙って、そしておもむろに口を開いた。

「理由は二つあります。一つは、悪戯《いたずら》と思ったからです。そんな電話がかかってくることなんて、今までの人生で、それこそ何百回もありました。いちいち相手にしていたらキリがありません。だから無視をしようと思ったんです――最初は。でも今回は瀋秀園という場所も指定されていましたし、半ば興味本位で覗《のぞ》いてみようと思ったんです。どうせ帰り道ですし」

「それでもし襲われたら、どうするつもりだったんですか⁉」

「さあ――自分でも分かりません。襲われたいと思ったのかも。あなた方には理解できないでしょうね。家族が皆殺されて、一人だけ生き残った者の、罪悪感のような気持ちが」

一瞬だけ、場が静かになった。大の大人が揃《そろ》っているのに、誰も何も言わなかった。

要するに、俺に対する当てつけだ。殺人現場に居合わせて、生き残るのがいけないと言っているのだ。だから俺は言った。

「理解できないね。家族が死んだからって、何で一緒になって死ななきゃいけない？」

後藤は俺を見て、微笑んで、そうだね、と言った。

　後藤は話を続けた。

「二つ目の理由は、失礼ですけど警察の皆さんを信用できなかったからです。奈良邦彦が襲ってきた夜、私だけが修学旅行で家を留守にしていて無事でした。当時の警察には、そのことを疑問視する方も少なからずいらっしゃいました。私が奈良邦彦を手引きしたんじゃないかと。もちろん、そのことで今更文句は言いません。家庭内で殺人事件が起こったら、まず家族が疑われるのは仕方がないことです。でも、そう頭で分かっていても、傷つかないわけじゃないんですよ」

　生き残っただけなのに、犯人扱いされたのか。今の俺と同じだな、と思った。

「私は誓いました。あなた方警察の手を借りないで、自分一人で奈良邦彦を見つけようって。だから悪戯電話がかかってきたり、悪戯の手紙が送りつけられてきても、警察には訴え出ませんでした。いつか奈良邦彦本人からのメッセージがくると思ったからです。さっきは半ば興味本位と言いましたが、もしかしたら本物だという予感があったのかもしれませんね。二十年も悪戯のメッセージを受け取り続けていたら、さすがに本物と偽物の区別がつくと思いますから」

「で、あなたはここに来た」

　後藤は頷いた。

「いました――奈良邦彦が」

「どうして、奈良邦彦だと？　確かに犯行前、あなたの家にやってきた奈良邦彦とあなたは会っている。しかしその一回だけだし、もう二十年も経っているわけでしょう？」

後藤は俺を見やって言った。

「顔を怪我《けが》していました。姉がつけた引っかき傷だと思います。左目は失明しているようです。彼は私が目撃した犯人と同じです」

「それであなたは、彼が奈良邦彦だと思ったんですね？」

後藤は頷いた。

「だとしたら、どうして警察に！　我々に不信感を抱いているのは仕方がない。しかし、明らかに本人だと分かっているのに、どうして通報しなかったんです！」

「通報してどうなるんですか？　後藤家殺人事件はとっくに時効ですよ」

「時効だから逮捕しないということはない。ちゃんと取り調べます」

「取り調べて、それで？　時効が確認できたら、そのまま釈放じゃありませんか？　起訴はされません。もしこんなことにならなかったら、あなた方は手をこまねいたままじゃなかったんですか？」

その瞬間、俺の脳裏にある考えが過った。

後藤は仕事で教師をやっているだけで、教育に対する情熱はまるでないように思った。

俺たち生徒に対する愛情も薄い気がした。

俺たちの学校は出来が悪いから、高校に進学しない生徒も少なくない。今の時代、中卒という学歴がハンデとなるのは、厳然たる事実だ。俺は高校を受験したが、仲間の話によると、後藤は生徒が就職の進路を選んでも、まるで反対しなかったらしい。

『俺たちにあれこれ指図しないから後藤は好きだけど、進路まで無関心だとちょっとムカつく』

というのは、あるクラスメイトの言葉だ。俺は贅沢《ぜいたく》な文句だな、と笑ったが、もし後藤が本当に、俺たち生徒にまったく関心がなかったとしたら？

後藤にとって関心があるのは、自分の家族を殺した、奈良邦彦だけだった。そんな時、奈良邦彦と思しき男が後藤に連絡してきた。しかし時効だからどうすることもできない。法律で裁けないのだから、自分で復讐《ふくしゅう》するという選択肢も、当然後藤にはあっただろう。しかし奈良邦彦はあの体軀《たいく》だ。女の後藤には勝ち目がない。だから電話が悪戯でなかったことを確認してから、噂好きの楓に奈良邦彦の話をしたのだ。もちろん、生徒たちの間にその噂が広まるのを期待してだ。

濬秀園という馴染みの場所に、奈良邦彦という伝説の殺人鬼が現れれば、暇をもてあました生徒たちは面白半分に集まるだろう。その際、奈良邦彦が誰か生徒を殺せば、後藤家殺人事件の時効なんて関係なくなる。警察は大手を振って、現在犯した罪で、奈良邦彦を逮捕できるのだ。

後藤は、それを狙っていたのではないか。

だから、わざわざ、瀋秀園に奈良邦彦が現れたなどという話をしたのではないか。

後藤の思惑通りに、七海は俺をここに連れてきて、そして——。

考えたくはない。いくら俺たちに無関心だからって、学校の教師がそんなことを!

「先生」

後藤が刑事たちと話をしている合間を見計らって、俺は後藤に呼びかけた。

「何?」

「七海が死んで悲しんでる?」

すると後藤は、真顔でこう言い放った。

「悲しんでるけど、それが?」

俺は後藤から顔を背けた。後藤の視線を感じたが、もうどうでも良かった。

こんな教師とは何も話したくない。奈良邦彦が生徒を殺すことを、後藤が望んでいたかどうかは分からない。でも意図的であろうがなかろうが、後藤が奈良邦彦の話をしたせいで、七海が死んだのは事実なのだ。彼女だけではない。あの区役所の職員も、最初はむかついたが、あんな酷い殺され方をしたと思うとやはり可哀相《かわいそう》だ。二人の人間——しかも一人は自分の教え子!——が殺されたのに、後藤の言葉はたった一言、それが? だ。後藤にとっては、生徒の死を悲しむことすら仕事の一環に過ぎないのだろう。

俺がちゃんと喋れるようになったと見るや、警察官たちは俺を質問責めにした。何度も同じ質問をされて辟易したが、犯人扱いされてはたまらないので、ちゃんと答えた。

数時間後、七海と川崎区役所大師支所の職員を殺害した疑いはほぼ晴れ、俺は釈放された。後藤が奈良邦彦の話をしてくれたのが良かったのだが、平間寺近くの土産物屋の売り子たちが、奈良邦彦に追いかけ回される俺を目撃していたことも有利に働いた。現実問題、七海はともかく、あの区役所の職員の頭を鉈でかち割って殺すには、同じだけの身体の大きさがなければならない。俺のような中学校を卒業したての子供には無理だと、常識的な判断がなされたのだろう。

ただし、まだ事件の参考人なのは事実なので、旅行などには行かないように釘《くぎ》を刺された。笑わずにはいられない。生まれてこの方、俺は旅行など行ったことがない。川崎から出たことすらないのだ。子供の頃は両親に旅行に連れて行ってくれとせがんだが、そのたびに家にはそんな金はないと言われた。俺は貧乏な家に生まれたことを呪い、高校を卒業して就職したら川崎から出ることばかり夢見ていた。

愛のことを思った。川崎から出ていった昔の恋人のことを。

愛と会いたかった。愛の声を聞きたかった。

『あなたは悪くない。あの状況下じゃあ、誰も七海を救えなかった』

そう愛に慰めて欲しかった。でも実際に愛に一部始終を話したら、愛は友人の七海を死なせた俺に失望し、俺たちは完全に終わるだろう。それが現実。

俺は翌日から、自分の部屋に引きこもった。食事は親に部屋まで運んでもらった。俺は日がな一日ベッドに潜り、怠惰《たいだ》な時間を過ごした。外に出るのが怖かった。七海を救えなかった俺を皆が責め立てている気がして仕方がなかった。

『ギャッ!』

七海のあの断末魔の悲鳴が忘れらない。それどころか、耳の奥にこびりついて日に日に音量を増してゆく。握りしめ、そのまま手首から切り離された七海の手の感触も、消えることはない。

奈良邦彦に襲われた恐怖から、七海を救えなかった絶望から、俺は逃げる術《すべ》がなかった。だったらもうどこにも行きたくない。この部屋にいれば、少なくとも奈良邦彦には襲われない。高校にも行きたくない。どうせ俺は川崎の人間だ。頑張ったって出世の芽はない。だったら中卒の方がよほど潔い!

そんな日々を悶々《もんもん》と送っていると、ある日、ドアをノックする音が聞こえた。さっき昼飯を食べたはずだと思ったが、もう晩飯か。そう思って時計を見ると、まだ三時だ。恐る恐るといった様子で、ドアが開かれた。母親だと思ったが、親父だった。

「先生が来てるぞ」

「先生――？　後藤？」

「ああ、お前のことが心配で来てくださったんだ」

俺は毛布を被《かぶ》ったまま、ベッドから身を起こした。

「会社に行かなくていいのか？」

「息子があんな事件に巻き込まれたんだ、仕事なんかしてる場合じゃない。心配するな、有給があるから」

親父が自分を心配してくれるのが嬉しく、同時にそれを悟られなくないという気持ちもあって、俺は顔を背けた。

親父は部屋を見回して、

「ちょっとだけ待ってもらうか？」

と聞いた。部屋が雑然としているから、後藤を通す前に、少し片づけろと言っているのだ。

「いいよ。呼んでくれ」

元生徒よりも奈良邦彦に対する復讐を優先しているであろう教師に何を思われようが知ったことではなかった。父親は、分かった、と言って静かにドアを閉めた。

――もし本当に、俺たちのことなんてどうでもいいと思っているのなら、わざわざ家まで来るだろうか？

と一瞬思ったが、そう思わせることこそ後藤の狙いかもしれないので、油断はできない。

部屋に入ってきた後藤は、汚い俺の部屋を見回すこともなく、そこらに転がっている雑誌等を適当にどかして、座った。男子生徒の部屋の汚さにひるむほど初《うぶ》ではないのかもしれない。

「何しに来た――？」

俺は毛布を被ったまま、後藤に訊いた。

「赤星君。先生のことを誤解していると思って。ちゃんと話をしておきたかったの」

「――話すことなんて別にねえよ」

俺の言葉を無視して、後藤は勝手に喋りだした。

「赤星君、先生に訊いたわね？　七海さんが死んで悲しんでるって？」

「――ああ、答えたよな。悲しんでるけど、それが？　って」

俺は後藤に対する当てつけのように、吐き捨てた。

「正直に言う。先生は、家族を殺した奈良邦彦が憎かった。復讐してやりたいと思った。奈良邦彦は私の姉と同じ高校に通っていた。だから私もその高校に進学した。将来はその高校の教師になりたいと本気で思っていたの。そうすればいつか必ず、奈良邦彦と出会えると思ったから。実際は高校教師にはなれなかったけど、上手い具合に川崎の中学の教師になれた。だから、奈良邦彦らしき男の電話を受け取った時、先生がどれだけ興奮したか分かるでしょう？」

「——ああ、分かるよ。だから先生は、そのことを楓を通じて言い触らしたんだ。俺たちを奈良邦彦の餌《えさ》にするために」

「違う！」

後藤は大声で怒鳴った。そんなことでビビる俺ではなかった。しかし、教育に対して無関心に見える後藤も、そんな声を出すんだと感慨深い気持ちになったのは事実だった。

「そんな教師がいると思う？　先生のことを陰で噂していた人たちがいるのは知ってた。先生はお仕事で教師を続けているだけだって。その時、もっと先生は真剣に誤解を解くべきだったと思う。それは反省している。でもしつこく生徒指導をしないからといって、生徒たちのことを考えていないわけでは決してないの。ましてや奈良邦彦の餌にするなんて——」

後藤の声が段々と小さくなってゆく。こんなに感情的になった後藤を見るのは初めてだった。だからといってほだされる気はないが、少し親近感を抱いたのは事実だった。

「先生、あなたのことを心配してるの。あんな目にあって酷くショックを受けているのは当然だと思う。七海さんは残念だったけど、でもあなたは生き残った。あなたにはこれからの人生があるんだから」

「――先生みたいに?」

「そうよ。先生も一人だけ生き残った。だからこうしてあなたにも出会えた。奈良邦彦のことを迂闊《うかつ》に楓さんに話してしまったことは、本当に後悔している。七海さんは先生が殺したようなものよ。だからあなたのせいじゃない。だから、お願い。あなたは立ち直って、ちゃんと高校に通って。行きたくても行けなかった他の人たちの分まで」

「それで、七海の分までしっかり生きろって?」

「そうよ。それが七海さんに対する一番の供養だから」

鼻白んだ。俺が高校に行こうが行くまいが、そんなことは関係なく七海は無念の死のままだろう。俺たちに無関心そうな後藤に好感を持っていたが、案外月並みで偽善的な台詞を吐くんだなと思い、少し失望した。

「関係ないだろ。先生、もう俺たちの先生じゃないんだから」

「そんなことないよ。卒業しても、赤星君たちは私の生徒だよ」

「急に熱血教師ぶるのか? 止めなよ、先生。似合わないよ、そんなの。七海が死んだから、そんなこと言ってるだけだろ」

後藤は口をつぐんで答えなかった。図星だと思った。

「――先生はただ、自分のせいで七海さんだけじゃなく、あなたの人生まで台無しになったら申し訳ないと思って」

「俺の人生が台無しになろうがどうしようか、先生のせいじゃねえよ。先生ちょっと自惚れてんじゃねえの？　自分の言動が、他人の人生を左右するとでも思ってる？　悪いけど、先生、そこまで俺にとって重要な人間じゃねえから」

後藤はじっと俺の顔を見た。

「そうね。あなたの言う通り。でも、アドバイスはできる。今のうちに、そうやって傷ついた心と身体をしっかり休めなさい。そして来月からはD高校に通うの。分かった？」

「――高校なんて行かねえよ」

半ば本気だった。むしろ、殺人鬼に襲われたことがいい口実になるとすら思った。ようやく鬱陶しい中学校を卒業したのに、また三年間も高校に通うなんてゾッとする。できもしない勉強をして、鬱陶しい担任と付き合うはめになるのだ。

後藤は生徒に無関心だとばかり思っていた。でもその正体は、俺の家にまでやってきて高校に行けと迫ってくる鬱陶しい女だった。多かれ少なかれ、教師というのはそういう人種なのだろう。俺とは永久に相いれない存在。もう関わり合いになりたくない。

「もういいよ。放っておいてくれよ。俺に高校に行って欲しいんだったら、早く奈良邦彦を捕まえろって、警察にハッパかけてくれよ。あいつが捕まるまで、俺はここから出ないぞ。外に出たら、また命を狙われるもんな」

「ここにいたって、あいつが乗り込んできたら殺されるかもしれないよ。私の家族は、そうやってあいつに皆殺しにされたんだから」

ふん、と俺は言った。

「うちは大丈夫だよ。奈良邦彦に惚《ほ》れられる家族なんかいやしないから」

後藤は俺をじっと見つめた。あまりにもデリカシーのない発言だったか、と一瞬思ったが、知ったことか。俺は事実を言っただけだ。

「——今日は帰るね。でも、何かあったらいつでも連絡ちょうだい。連絡網に先生の電話番号載っているでしょう?」

「はいはい」

俺はあしらうように言った。

後藤が帰っていった部屋で、俺は再び毛布を被ってベッドに潜り込んだ。元担任の鬱陶しい家庭訪問が終わってせいせいしたが、同時に世界中で独りぼっちになってしまったような寂しさを感じた。その寂しさは、愛が武蔵小杉に行くと知った時、そしてもう七海に二度と会えないと考えた時に感じた寂しさと、どうやら同じ部類の感情だった。

なぜ俺は後藤にそんな寂しさを感じたのだろう。殺人事件で生き延びたという共通点が俺と後藤を繋ぐのだろうか。繋がりなんかない。中学校の担任なんかと。俺はそう心の中でつぶやいて、目を閉じ、毛布を深く被った。一時の眠りが訪れるまで。

○

奈良邦彦は、川崎大師にほど近い川崎区大島《おおしま》という地域で生まれた。住民のモラルは低く、喧嘩の怒鳴り声が日々絶えず、歩道はゴミで溢れ返っていた。またヤクザの事務所もあり、たびたび発砲事件が起こっていた。銃声が聞こえても、もちろん気に留めないわけではないが、それでも安全な地域に引っ越そうと思う住人は少なかった。一般人の死者が出ていないことから、どこか他人事めいていたし、低所得者が多いから引っ越しもままならず、諦めているというのが実情だった。

幼少期から奈良邦彦は身体だけは人一倍大きかったが、トロくて皆に馬鹿にされていた。吃音《きつおん》の癖があり、喋ると笑われるので、いつしか無口な人間になっていた。馬鹿にされても言い返さないし、殴られてその被害を教師や親に訴えても、上手く自分の気持ちを伝えられないから、いつも殴られている奈良邦彦が悪いとされた。彼が毎日イジメにあっているのは教師も薄々勘づいていたが、イジメがあることを認めると自分の責任問題になるので、奈良邦彦は喧嘩ばかりしている問題児というレッテルを貼《は》って、事態を処理した。

中学三年生になると、奈良邦彦は進路の選択を迫られた。彼は成績も悪かったので、確実に合格する高校といえば、川崎区の川崎大師に隣接するD高校しかなかった。奈良邦彦へのイジメを見て見ぬふりをしていた担任も、さすがにD高校に彼を進学させるのを躊躇《ちゅうちょ》した。偏差値が底辺のD高校は不良の巣窟《そうくつ》として名高かったからだ。毎年イジメを苦にしての自殺者が出ている。そんな高校に奈良邦彦を入学させたら、新たな犠牲者となるのは目に見えていた。

担任は奈良邦彦に幸区のS高校を勧めた。商業高校だが、D高校に比べれば偏差値が高く、また女子が多いことから、自殺にまで追い込まれるような暴力的なイジメにあうことはないと考えた。

受け持ちの生徒を合格が確実ではない高校の受験に臨ませることは、教師にとってリスクのある指導だった。それでもチャンスにかけてS高校を受けさせるのが、奈良邦彦の将来にとって有益だと考えた。担任は三者面談の際、奈良邦彦にそのことを嚙《か》み砕いて説明し、三者納得の上、S高校の受験に臨ませた。もっとも、担任と話をしていたのは母親ばかりで、奈良邦彦本人はほとんど黙っていたから、本当に彼の意志でS高校を受験したのか否かは、今もって不明である。

奇跡的にS高校に合格した奈良邦彦は、やはりそこでもイジメにあった。あくまでもD高校よりマシだろう、という程度問題に過ぎなかった。男子からはたまに殴る蹴るのイジメを受けたが、やはり女子が大勢いるから、冷やかし、嘲《あざけ》り、中傷の類《たぐい》のイジメが圧倒的に多かった。奈良邦彦は冷やかされても、言い返すことなく、ヘラヘラと笑っていた。自分は何も気にしていないというパフォーマンスだったのだろう。しかし実際は、毎日少しずつ奈良邦彦の人間的な感情はすり減っていった。この事実は、人は一朝一夕に殺人鬼になるのではなく、長い年月の積み重ねの結果であることを示唆《しさ》している。

S高校でも、奈良邦彦は友達がほとんどできなかったが、一人だけイジメられている彼を庇《かば》ってくれる女子生徒がいた。それが後藤美月だった。

後藤美月は成績優秀、品行方正で大人たちから絶大な信頼を得ていた。そういう優等生は他の出来の悪い生徒から嫉妬の対象になりがちだが、彼女は誰とでも分け隔てなく付き合っていたので、美月を嫌っている者などほとんどいなかった。

美月が邦彦を庇ったのは、彼女がそのような善良な人間だからであり、邦彦に個人的関心があったからではもちろんなかった。しかし邦彦はそうは思わなかった。生まれてからずっと、イジメられ、馬鹿にされ続けてきた彼が、ほとんど初めて救いの手を差し伸べてくれた女子生徒を好きになるのは必然だった。そして邦彦は、美月も自分のことが好きだと何の疑いもなく信じた。好きでもない男を庇う女がこの世にいるなんて、邦彦には考えられなかったのだ。

教室を移動する時や、休み時間の時などは、いつも彼女の後をついてまわった。もちろん、邦彦に告白する勇気などなく、また彼女を好きになったのは、異性として好きになったというよりも、彼女の母性のような優しさに惹《ひ》かれただけなのかもしれなかった。とにかくどうであれ、ほどなくして邦彦は彼女のストーカーとして認識されるようになった。そうなると、最初こそ邦彦に同情して優しくしてあげた後藤美月も、邦彦を疎《うと》ましく思うようになった。そして、ある日、邦彦にこう言い放った。

「付きまとわないで！　私、別にあなたのことが好きで優しくしたわけじゃないから！」

奈良邦彦は足元が崩れ落ちるかのようなショックを感じた。ただ、自分に優しくしてくれる女性の側《そば》にいたかっただけなのに。

奈良邦彦はその日から学校に通わなくなった。どんなにイジメられ冷やかされても、彼は学校を休んだことがなかった。自分が後藤美月に迷惑がられているという事実は、邦彦を絶望の淵《ふち》に叩き込んだ。そんなふうに嫌うなら、どうして優しくするんだと逆恨みした。次第に、彼女が自分に優しくしたのは、こうして馬鹿にするためだと思い込むようになった。優しくしてから馬鹿にするのは、ただ馬鹿にするよりも何倍も酷い行為ではないか。

登校拒否を起こした邦彦に、両親も冷たかった。せっかく頑張ってS高校に合格したのに、中学校の担任に申し訳ないという気持ちがあったのだろう。何よりも、自分の息子が登校拒否なんて世間体が悪かった。母親は邦彦を言葉で責め苛み、父親は手を上げた。家にいても、学校でイジメを受けるのと何ら変わらなかった。

居所を失った邦彦は、日がな一日ぷらぷらと街を出歩いた。邦彦は身体だけは大きかったので、私服でいると誰も学校をサボっている高校生だとは思わなかった。もし邦彦が、その時、後藤美月と出会わなかったら、恐らく彼は犯罪史に名を残す稀代《きたい》の殺人鬼にはならなかったかもしれない。しかし事実はこうだ——彼は、筆記用具を買うために商店街の文房具屋に入っていく後藤美月を偶然目撃し、自宅まで後をつけていった。彼女は学生服姿の邦彦しか目にしたことがなかったので、尾行されていることにまるで気付かなかった。しかしいくら服装が違ったところで、顔なじみなのだから、素人の尾行には自《おの》ずと限界があった。そもそも邦彦には、後藤美月の後をつけてどうしようという考えはまるでなかった。気付いてもらいたいから後をつけていたという考えもあったのかもしれない。それでも、彼女の家の近辺まで尾行が気付かれなかったのは、僥倖《ぎょうこう》と言っても良かった。

次第に周囲の景色は民家だけになって、商店などは姿を消していた。その時、その道を歩いていたのは、美月と、邦彦だけだった。美月が向こうの曲がり角を曲がろうとした——その時、気付かれた。邦彦は、にっこりと笑って軽く手を挙げた。自分が嫌われていることも、美月を付け回していることも、その時は頭から消えていた。ただここでなら、彼女と素直に話せるなと思った。自分を馬鹿にする他の生徒がいないのだから。邦彦が愚かだったのは、自分が骨の髄まで美月に嫌われているなど、夢にも思っていないことだった。

美月はけたたましい悲鳴を上げた。そしてそのまま走り去り、一軒の民家へと姿を消した。邦彦はふらふらとその民家の方へ歩いていった。そしてそのまま表札の名前をじっと見つめていた。

ほどなくして玄関のドアが開いた。美月か、と思ったが、違った。彼女と面影が似ているが、しかし別人の中年女性だった。その後ろには、やはり美月と似た、小学生ほどの娘が、中年女性に隠れるようにして立っている。邦彦は頭が真っ白になった。

「あなた、何のご用ですか？」

その女性の質問にも、邦彦は答えられず、ただ、あわあわと口を動かすことしかできなかった。

「娘に付きまとうと警察を呼びますよ！」

その時に至って、ようやく邦彦は自分が彼女から完膚無きまでに拒絶されていることに気付き、慌ててその場からUターンした。頭の中では、美月の叫び声、彼女の母親と思しき中年女性から投げられた言葉、そして女性の後ろで立っていた幼い少女の視線が、グルグルと渦巻いて止まらなかった。

起きたことがそれだけだったら、邦彦はまだあの大量殺人事件を引き起こしはしなかっただろう。もちろん被害者側には何の落ち度もない。ただ彼女の両親は、娘がストーカーされている事実を学校に告発しただけだった。学校側は、それを邦彦の両親に厳重注意した。世間体を何よりも気にする両親は、邦彦に殴る蹴るの暴行を与えた。今まで受けてきたどんなイジメよりも、苛烈《かれつ》で激烈な暴力だった。邦彦の脳裏に、今までの人生で受けてきた、あらゆる悪意が蘇り、襲いかかった。イジメによって、すり減り続けた理性のかけらが弾け飛んだ瞬間、邦彦は両親を殴り飛ばした。

その直後、奈良邦彦は家中の刃物をS高校の通学カバンに詰め込んで、後藤家に向かった。そして、

文章はそこで終わっていた。

「課題でもないのに、良く書いたよね。こんなの」

愛は拓治のMacBookから顔を上げて、言った。宿題で作文や読書感想文が出るたび、必死になって文章を捻《ひね》り出す愛にとって、好き好んでこんな長文を書く拓治が理解し難かった。

拓治は格好がいい。髪形も服装もお洒落《しゃれ》だ。女の子にもてるんだろうな、と思う。しかしどうしても好きにはなれない。中学校にはノートに自作のファンタジー小説を書く女子もいたから、創作というものに理解はあるつもりだ。でも実際に起きた殺人事件のドキュメントだなんて。愛は拓治の本性を見た思いがして、ゾッとした。

「昔はガンダムのプラモとか作ってたのに、今は殺人事件に興味があるんだ。変われば変わるもんだね」

「ガンダムは今でも好きだよ」

じゃあ、ずっとプラモ作って、アニメ観《み》ていればいいのに。そっちの方がずっと健全だ。自分の価値観を子供に押しつける大人のような感想を抱いてしまい、愛は複雑な気持ちになった。しかし自分の気持ちに嘘はつけない。

場所は武蔵小杉のマクドナルド。先日彼が奈良邦彦の話を持ち出してきた時は、正直冗談だと思っていたが、まさか本気だったとは。

「後藤家殺人事件には愛ちゃんの方が詳しいから、何か間違っているところがあったら、遠慮なく言って欲しいんだ」

「私の方が詳しい？　何言ってるの？」

「だって、愛ちゃんだって前は川崎区に住んでたじゃん。それも川崎大師の近くに。中学時代の奈良邦彦のテリトリーだ」

「それで私が奈良邦彦のことに詳しいことになるの？」

「だから程度問題だよ。少なくとも僕よりも詳しいことは違いないだろう？」

愛は当てつけのように、大きなため息をついた。このレポートは良く書けているとは思うけど、後藤家殺人事件については本やネットの記事を読めば、大抵のことは分かる。

「美月さんが奈良邦彦に、付きまとわないで、って言ったことは、あなたの空想？」

母親と思しき女性と奈良邦彦が対面するシーンに、小学生ほどの女児が隠れるようにいたというくだりがある。彼女が、唯一生き残った美咲に違いない。後に美咲が証言しただろうから母親が、警察を呼ぶ、と言ったことは空想ではないのかもしれない。しかし、奈良邦彦が後藤美月を尾行していたくだりは、目撃者がいないのだ。

「美月が家族に話したんだって。それに美月は発見された時、まだ息があったんだろう？　奈良邦彦の顔を引っかいたって証言したんだから。だからまったくの空想じゃないぜ」

「ふーん。私よりも全然詳しいじゃない。どうせネットか何かで調べて書いたんでしょう？　私もそれ以上の情報はないよ」

「でも、奈良邦彦という名前は知ってた。その名前、愛ちゃんに教えてもらったんだぜ」

「そうだったっけ？　忘れちゃった、そんなの」

　犯人の奈良邦彦は、後藤美月、その両親、父方の祖父母を殺害した。五人もの人間が殺された大事件だ。しかし犯人が未成年である以上、何人殺しても実名が報道されることはありえない。確かに、愛が奈良邦彦の名前を知っているのは地元住民だからという点もあるだろう。

　事件発生当時、幸区のS高校、後藤家、そして川崎区の大師周辺の住民は戦々恐々とした。刃物を持った殺人犯が逃走しているのだ。迂闊に外にも出歩けない。そして今もその状況は続いているのだ。奈良邦彦は未《いま》だ見つかっていないのだから。

　奈良邦彦に気をつけろ。それがいつしか川崎市、特に川崎区民、並びに事件が起こった幸区民の合い言葉になった。変質者、不審者、痴漢に気をつけましょう、というあれだ。

もちろん奈良邦彦に気をつけましょう、というポスターが実際に貼り出されている訳ではない。現在――生きていれば――彼は成人しているが、事件当時は未成年なのだから。もちろん成人時に行われた犯行であっても、注意喚起のポスターに実在の犯罪者の名前を使うのは品がないとして、実現は難しかったかもしれない。

しかし川崎市民の心には、いつも奈良邦彦がいた。親は子に、悪さをすると奈良邦彦が襲ってくるぞ！　と言い立てた。川崎で生まれた子供は、熱心な信徒が神や悪魔を自己の行動の規範や戒《いまし》めとするように、奈良邦彦に良心を育てられながら大人になるのかもしれない。

もし奈良邦彦がすぐに捕まっていれば、ここまで彼が伝説化されることはなかっただろう。よくある『少年A』の一人として、幾多の事件の中に埋没し、忘れ去られていたに違いない。しかし未解決の事件は、人々の想像をかきたて、やがて伝説になっていく。

だが事件発生当時は、警察も、近隣住民も、奈良邦彦はすぐに逮捕されるだろうと高をくくっていたのだ。犯人は高校生だ。逃走資金を持っているとは思えないし、人生経験も乏しい。逃げると言っても、せいぜい川崎市内をうろうろしているだけに違いない。後藤家の惨状を鑑《かんが》みるに、奈良邦彦は大量の返り血を浴びているに間違いなかった。いつまでもその格好ではいないだろうが、少なくない目撃証言が出ることは予想できた。

だが、奈良邦彦を目撃した人間は遂に現れなかった。未成年であっても実名と顔写真を出して指名手配するべきだとの議論も起きた。しかし、現時点での被害者が後藤家殺人事件の五人で止まっていることから、再犯の恐れはないとして、結局指名手配はなされないままだ。今回、大師公園で起きた事件が、奈良邦彦の犯行だと断定されたら、その限りではないが——。

「分かるでしょう？　奈良邦彦が伝説の殺人鬼って呼ばれる理由」

女子中学生が殺されたという新聞記事を目にした時、思わず母に奈良邦彦の名前を出したのも当然と言えた。母は鼻で笑ったけど、心の底ではもしかしてと思っているに違いないのだ。奈良邦彦の影に怯えていない川崎市民は一人もいない。母があんなにも武蔵小杉に越したことを喜ぶのは、そのせいもあるのだろう。

「奈良邦彦はまだ生きていると思う？」

「私は知らないよ。でも死んでるとしても、川崎じゃないと思う。徹底的に調べたんだよ。大師公園に瀋秀園っていう中国庭園があるんだけど、そこの池までさらって探したみたい。結局、死体は見つからなかった。だからどこか遠くに行って死んだんじゃない？　樹海とか」

「でもね。目撃者は一人もいないんだよ。いくら指名手配が無理だからって、日本中の警察官が探したんだ。樹海に行くまでの交通費は、まあ殺人のついでにちょろまかしたとしても、川崎から山梨県《やまなし》まで旅したら、絶対に目撃されるはずだよ。仮に目撃者が一人も出なかったとしても、今の時代、あちこちに監視カメラがあるんだから、必ずどこかで姿が記録されているはず。でもそれがない」

「樹海っていうのはたとえ話だよ！」

「いや、それにしてもさ。どこかに逃げたとしても、目撃されて当然だろ？　まるで後藤家殺人事件を起こしてから、忽然《こつぜん》と姿を消してしまったみたいだ」

愛はバニラシェイクを一口飲んで、気分を落ち着かせてから、おもむろに言った。

「真剣に話していい？」

「今まで真剣じゃなかったの？」

「川崎って、ちょっと行けば湾岸地帯でしょう？」

「工場が沢山あるところ？」

愛は頷く。お台場に比べればロマンティックじゃないけど、川崎も港町なのだ。

「そこから船に乗って外国に逃げたって聞いたことがある。そうだとしたら目撃証言がないのも納得でしょう？　地元なんだから、移動する距離も時間もほんの少し」

拓治は腕組みをして考え込んでしまった。

「何？」

「確かに、忽然と姿を消したように見えることの説明にはなるかもしれない。でも、船に乗って外国行くなんて、新幹線で山梨行くよりもハードルが高いよ」

「じゃあ、それ以外に可能性ある？　こっそり乗り込んだかもしれないじゃない」

「――船乗りの親戚がいて助けてくれたってこともないよな」

拓治は一人ぶつぶつとつぶやいている。

「あるいは人さらいに攫《さら》われたとか。でも、五人殺された大事件だよ？　あなたがちょっと調べて解決できると思うの？」

拓治が書いたレポートを読み、改めて考えると、奈良邦彦も可哀相な人間だと思う。幼少期からの虐待、イジメが、どれだけ人間の心を蝕《むしば》み、怪物に育てていくのか、想像するだけでゾッとする。

「奈良邦彦は犯人じゃないんじゃないの？」

と愛は言った。少なからず奈良邦彦に同情しての発言だった。

「何言ってるの？」

「だって、状況証拠しかないんだよ。目撃者もいないし、本人も見つかっていない」

「だったら、誰が殺したって言うの？　まさか生き残った妹が犯人だって言うんじゃないだろうね。彼女にはアリバイがあるんだよ。修学旅行に行ってたんだ」

心外そうに拓治は言う。

「別に、誰も美咲先生が犯人だなんて言ってないじゃない」

うっかり口にして、拙《まず》い、と思った。しかし後の祭りだ。

「先生?」

小さくため息をついた。もう言い逃れはできない。

「――その人、私の先生なの」

「先生? 何の?」

拓治は追及してきたが、何となく気恥ずかしくて答えなかった。それに向こうは家族を殺されている。拓治のような面白半分に後藤家殺人事件を調べている人間に、美咲のことを言いたくなかった。

「そう呼んでたこともあったってだけ。もう関係ない。川崎大師から引っ越したんだから」

美咲は生涯、大師に住むのだろう。いつか帰ってくるかもしれない奈良邦彦を待つために。そして復讐するために。

「要するに、顔なじみってこと?」

「――後藤って名前を聞いても、まさか後藤家殺人事件の生き残りだとは思わないじゃない。びっくりしたけど、そのことについては触れないようにしていたの。だって、向こうだって思い出したくないだろうし――」

一人つぶやくように、愛は言った。うっかり美咲先生と言ってしまって、顔なじみであることがバレてしまった。今更どうしようもないけど、美咲のことはもう先生と言わないようにしよう、と思った。

武蔵小杉に越すことになって、最後のお別れを言いに行った日、

『今まで誰にも言わなかったけど、あなただけには教えてあげる』

そう言って、美咲が教えてくれたのだ。自分が後藤家殺人事件の生き残りであることを。

奈良邦彦が通っていたS高校の話もした。正直、知りたくなかったと思った。何故、そんなことを言うんだと恨みもした。美咲は純然たる被害者側の人間だ。でもどうしても色眼鏡で見てしまう。親しくしていた愛ですらそうなのだから、世間の人間の好奇の目は止まることを知らないだろう。

だからこそ、美咲は別れの時になって事実を告げたのだ。愛がそんな世間の人間と同類なのか否か、試すために。その試験に果たして自分は合格しただろうか？

愛は飲みかけのマックシェイクをテーブルに置いた。

「やっぱり止めましょ」

「え？」

「そう、美咲さんとは同じ学校の知り合い。だから、私も後藤家殺人事件に近しいと言えなくもない。でも拓治君は絶対に美咲さんに会いたがるでしょう？　拓治君なんか連れて行ったら、私、美咲さんに軽蔑される。所詮、あなたも事件のことを興味本位であれこれ言い立てるのかって」

「あなたも？」

「そうだよ。酷いんだよ。被害者なのに、興味本位であれこれ言い立てる人が沢山いて――要するに、拓治君みたいな人だよ。私、そんな人、美咲さんに会わせられない。私も同類と思われる」

そう愛が言い立てると、これくらい言ったたって平気だと思ったのに。拓治はシュンとしてしまった。拓治はメンタルが強そうだから、これくらい言ったって平気だと思ったのに。

「――じゃあ、川崎大師に戻らなくていいの？　会いたい男がいるんだろう？」

赤星のことを言われると、胸が痛かった。しかし、ちゃんと別れの挨拶《あいさつ》をしていなかったから、会いたいというだけなのだ。もちろん未練はある――でも、武蔵小杉に越したという事実は変えられない。二人は別れるしかないのだ。別れるために会うくらいだったら、もう二度と会わない方がいいのかもしれない。未練は残るけど。

「どっち行きたいの？　幸区の後藤家殺人事件の現場？　それとも川崎区の奈良邦彦の実家？　どっちにしたって、美咲さんに会いたいって言うでしょう？」

彼は奈良邦彦について取材をして、サイト作りに飽き足らず、本まで出そうと目論んでいるのだ。もちろん、本なんて簡単に出せるものじゃないだろうけど、従姉《いとこ》が後藤家殺人事件の生き残りと知り合いだという事実は、かなりのアドバンテージになるだろう。可能性はなくはないかもしれない。

「そりゃ会いたいよ」

「でも、後藤家殺人事件の生き残りだと分かった途端に、あなたみたいな人を連れて行ったら、私、美咲さんに軽蔑されちゃうよ」

「それは大丈夫」

「なんで、そう言い切れるの⁉」

「だって、面白半分じゃないから」

そこまで拓治は、自分の書いている後藤家殺人事件のレポートに自信を持っているのか。でも口だけだったら、なんだって言える。

「じゃあ、勝負しようよ」

「勝負？」

「何でもいい。愛ちゃんが得意なもので。それなら愛ちゃんに有利だろう？」

愛は少し考え、そして言った。

「オセロでもいい？」

「オセロ？」

愛は頷いた。オセロにはちょっと自信があるのだ。川崎大師のこども文化センターで開催されたオセロ大会で準優勝したこともある。完膚無きまでに拓治をやっつけてしまえば、彼も大人しくなるだろう。赤星と会う話は棚上げになるが仕方がない。そもそも大師に来てからは別行動といっても、拓治と一緒に来たことが赤星にバレたら、変な誤解を与えかねない。いくら従弟といってもだ。法律上結婚もできるのだから。

愛はシェイクの残りを飲み干しながら、どうやって拓治抜きに川崎大師に行くことを母親に説得しようか考え始めていた。

●

愛。

蒲団《ふとん》に潜り込みながら、彼女のことを考えた。別れてしまった元カノのことを。手を繋いだことはあるがそれだけで、キスすらしたこともない女のことを元カノと言っていいのかどうか分からない。でも学校の連中は、全員、俺と愛が付き合っていると認識していたはずだ。

もし愛が俺を嫌がっていたとしたら？　俺が強引だから、渋々付き合っていたとしたら？　父親の仕事の都合で武蔵小杉に引っ越すことを嬉しがっていたとしたら？　俺から離れられるから。

武蔵小杉には高層マンションが沢山あるらしい。きっと愛は、そこからかつて自分が住んでいたこの川崎区を、神様みたいに見下ろしているのだろう。

でもこの街からは、どんなに顔を上げて目を凝らしても、武蔵小杉のマンションは見えない。

俺は毛布を剝《は》いで、むっくりと起き上がった。

後藤はああ言ったが、こんな気持ちを抱えたまま高校に行くなんて無理だ。今の俺は時間が止まったままで、何もできない。仮に高校に行かない人生を選んだとしても、就職するなり、専門学校に通うなり、とにかく進路は決めなければならないのだ。

別によりを戻したいんじゃない。確かに未練がないと言ったら嘘になる。でも武蔵小杉に行ってしまった女と再び付き合えると思うほど、俺は自惚れていない。それでも、一度会ってすべてを話したかったのだ。愛と別れて七海と付き合い出したこと。七海を救えなかったこと。軽蔑されたっていい。もう二度と会えなくても。それで一歩人生を先に進められるのなら。

俺は身支度をして部屋を出た。その物音が聞こえたのだろう。慌てた様子で両親がやってきた。何事かと思ったが、良く良く考えれば、俺はずっと自室に引きこもっているのだ。ましてや父親は会社を休んでまで、俺のことを心配してくれている。きっと二人は、腫《は》れ物に触るように俺に接しているに違いない。

「大丈夫?」

「おい、大丈夫なのか?」

両親が同時に言った。

「うっさいな。大丈夫ってなんだよ」

「どこかに行くのか？」

親父が俺の格好を見て言った。

「そうだよ。悪いのかよ」

「どこに行くの？」

「どこだっていいだろ！」

俺は玄関に向かおうとしたが、父親が立ちふさがった。

「どこに行ってもいいが、明日にしろ。今日はもう遅い」

「遅いってなんだよ」

「もうすぐ晩御飯の時間だよ。それなのに表を出歩くなんて――あんなことがあったのに」

母親が言った。晩御飯と聞いて、もうそんな時間なのか、と思ったのは事実だった。カーテンを閉め切った部屋にずっといたから、時間の感覚がおかしくなっているのかもしれない。しかし深夜とは言えないだろう。大体、俺が何時に出歩こうが、今までは気にも留めなかった両親なのだ。

「なんだよ。今更、門限を作るのか？　息子が殺されそうになった途端に、父親面しやがって！」

一発ぐらい覚悟したが、親父は俺を哀《かな》しそうな目で見るだけだった。

「せめて、どこに行くのか言いなさい」

両親は顔を見合わせた。

「武蔵小杉だよ！　付き合っていた女が引っ越したから、会いに行くんだ」

「今も付き合ってるのか？」

「武蔵小杉に越した女と付き合う訳ねーだろ。でも七海がどんなふうに殺されたのか、教えてやんなきゃいけない。あいつは七海と友達だったから」

「分かった。でも、今日は止めなさい。もう遅い。向こうも迷惑する」

「関係ねーだろ！」

俺は無理やり親父を押し退《の》けて、前に行こうとした。しかし親父はそれを押し止める。

「どこに住んでるか知ってるのか？」

「だから武蔵小杉だって言うの！」

「武蔵小杉のどこのマンションだ？　何棟の何号室？」

「知らねーよ！」

「落ち着きなさい。お前は自棄《やけ》になっているだけだ。本当に会いたいなんて思ってない。だって、もう付き合える相手じゃないって分かってるんだろう？」

親父が言っていることは図星だった。あてもなく武蔵小杉に行ったって、会えるはずがない。どこに住んでいるのかも知らないのだ。

七海との会話が脳裏を過る。

『武蔵小杉なんてお上品な街に行ったら、むしゃくしゃして全部ぶっ壊したくなるぜ』

『止めてよね、無差別は。あなたがそんなことして捕まったら、また川崎の印象が悪くなるよ』

あれはあくまでも冗談に過ぎなかった。でも今は違う。俺は目の前で二人も人が殺されるのを目撃した。しかも一人は、付き合っていた彼女なのだ。

映画とは違う。ゲームでも、漫画でもない。現実の人間の死は、あまりにも悲惨で痛々しく、生臭い血に溢れていた。俺は思い知った。これが川崎なんだと。どこの世界に、中学を卒業したばかりの女の子が、あんなに酷い殺され方をする街があるものか。

自分の気持ちが分からない。もしかしたら愛と会いたい理由は、話がしたいなんてことじゃなく、愛を殺したいからかもしれない。

武蔵小杉という上品な金持ちが住む街を、川崎のレベルまで堕《お》としてやりたい。そのためには、俺が奈良邦彦の代わりに、武蔵小杉の連中を七海のように酷《むご》たらしく殺すしかないんだ。

親父は俺のこの捨て鉢の気持ちを見抜いているのだろうか。だから、こんなにもして止めるのだろうか。

「じゃあ、せめて、その子に今連絡しなさい。それでその子が、今から会ってもいいと言うんだったら、俺たちは止めない。好きにしなさい」

「愛と話す気か――？」

「愛さんって言うのか。そりゃ一度挨拶したいとは思うが、お前が嫌がるんなら日を改めてでいい。とにかく、その子に会いに行くのなら、今、約束を取り付けなさい」

俺は唇を噛み締めて、親父を睨んだ。しかし、確かに親父の言うことは理に適《かな》っていた。

俺は愛の新しい住居の連絡先を知らなかったが、知っている奴の心当たりはあった。

俺は居間に移動した。電話機がそこにあるのだ。俺は受話器を取り上げ、親父とおふくろに、

「いられると話ができないんだけど」

と言った。それで二人は居間から出たが、しかし外の廊下にいるので会話は筒抜けだろう。でも同じ部屋にいられるより大分マシだ。

俺は連絡網を見ながら、まず愛の家の番号にかけた。当然、誰も出なかった。万が一のことがあると思ったからかけただけで、予想していたから落胆もしない。

次に楓の家にかけた。楓の親が出て、娘に取り次いでくれと言うと、向こうは息を飲んだようだった。俺が殺人事件に巻き込まれたことは、皆に伝わっているのだ。警察に犯人

扱いされたこともあり、ちゃんと楓を出してくれるか不安だったが、すぐに電話を代わってくれた。

『赤星君！　大丈夫だった⁉』

名乗った瞬間に、けたたましい声が聞こえてきた。噂好きなこの女が、俺は嫌いだった。ただ学校の連中のことは、楓に訊けば大体分かるので、こういう時には重宝する。

『七海ちゃん、死んじゃったんだって⁉　可哀相過ぎるよ！』

そう言って、楓は電話先で泣きだした。その泣き声を聞いても、七海を救えなかったという罪悪感が疼《うず》くことはなかった。友達が惨殺されたのだから悲しんでいるのは事実だろうが、大げさな泣き声はまるで自分が悲劇のヒロインだと主張しているかのようだったからだ。

楓が泣き止むのを待って、俺は愛の連絡先を知らないか訊いた。

『私は知らない。多分、誰も知らないいんじゃないかな』

「友達じゃなかったのか？」

『友達だよ。でも、引っ越すときにちょっとあってね――喧嘩別れみたいになっちゃったのよ。皆、愛ちゃんが武蔵小杉に引っ越すのを羨ましがってさ。誰かが軽く厭味《いやみ》みたいなことを言ったんだって。あれ誰だったかな――』

それから楓は延々、誰と誰が愛にこう言った、ああ言った、という愚にもつかない情報

を垂れ流し始めた。俺はうんざりし、楓の話を打ち切り、

「もういいよ。とにかく、愛の武蔵小杉での連絡先は誰も知らないってことか？」

と訊いた。

『うん。私が知らないんだから、知っている人は誰もいないんじゃないかな。無理もないよ。武蔵小杉に引っ越すんだもん。川崎のことなんて、私たちごと忘れたいと思ってるんじゃないの？』

俺は、一応礼を言って電話を切った。愛に捨てられたのは俺だけじゃないことが分かって、少し安心したが、愛の居所は分からないままだ。

ふと視線を感じて顔を上げた。親父とおふくろが居間の入り口に立って、俺を見つめていた。

「駄目だったようだな」

「盗み聞きするなよ」

「連絡がつかないんだったら行ったって仕方がないだろう？　悪いことは言わない。今日はもう諦めなさい」

その言いぐさに腹が立った。正に、子供を籠《かご》の中に押し込めて、決して外に出さない大人たちの言い分だった。この川崎という檻《おり》の中から、子供を一歩も外に出さない気なのだ。親に対する反発心はあったが、楓すら愛の居場所を知らないのだ。もうどうすることも

できない。こんな気持ちで武蔵小杉の街をうろついたら、俺は本当に人を殺してしまうかもしれない。

俺は不機嫌さを強調するように、ドスドスと足音を立てながら居間から出た。そして自分の部屋に戻った。ドアを閉める瞬間、

「ご飯はどうするの⁉」

と母親の声が聞こえた。たまに部屋から出たのだから、一緒に食べようと言いたいのだろう。俺は何も答えずベッドの中にもぐりこんだ。

暫くすると廊下に物音が聞こえた。食事を運んできたのだ。おふくろが廊下からドア越しに言った。

「人生には辛いことや悲しいことが沢山あるのよ。負けないで、しっかりと生きなさい」

俺は鼻白んだ。やくたいもない説教を垂れやがって。親父もおふくろも、こんなことになってから俺を心配するんだったら、もっと最初から心配すりゃいいんだ。そうすりゃ、俺だって不良にならず、元々の頭の出来があるから秀才になれたとは言わないが、少なくともD高校よりはマシな学校には行けただろうに。

俺は寝ころがったまま晩飯を食い、そのまま眠った。女と一緒に平間寺を歩いている夢を見た。七海なのか、愛なのか、それは分からない。ここにいると奈良邦彦に襲われないんだよ、と女が言った。あいつもここには入って来られないから。じゃあ、濬秀園じゃな

くてここで会えば良かったのに、と俺は言った。そうすれば俺は七海を救えなかったという罪悪感に苦しまなくても済んだ。女は俺の身勝手な文句にも、優しく微笑むだけだった。やがて平間寺の境内《けいだい》に電話が鳴り響く。こんなところに電話なんかないから、ああ夢なんだ、と思った瞬間に目覚めた。

電気もつけっぱなしで、夕食の食器もそこらに転がっている。鳴り響く居間の電話の音で目が覚めても、最初は、うるせえな、としか思わなかったが、楓がかけてきたのかもしれないという考えが頭に浮かんだ瞬間、俺は慌てて跳ね起きた。もしかしたら愛の引っ越し先が摑《つか》めたのかもしれない。

電話は鳴り続けている。くそっ、なんで誰も出ないんだ！

廊下は暗かった。親父もおふくろも、もう寝ているのかもしれない。電気をつけるのももどかしく、俺は小走りで居間に向かい電話に飛びついた。

「もしもし？」

俺は言った。受話器の向こうからは、誰の何の声も聞こえなかった。

「もしもし！」

俺は更に強く言った。向こうから微《かす》かな息づかいが聞こえた。しかし、やはり何も言わない。

俺は落胆した。楓ではないようだったからだ。

「誰だ、お前？」

イタズラ電話なのか。脳裏に、中学校にいた頃のあれやこれやのトラブルが浮かんでは消えてゆく。俺のことを恨んでいる奴なのかもしれない。

いや、そうとも限らない。俺は今や、川崎大師の有名人なのだ。瀋秀園で奈良邦彦と思しき殺人鬼が起こした事件の生き残り。面白がってイタズラ電話をかけてくる奴もきっといるだろう。そういう馬鹿に構っている心の余裕は、今はなかった。

電話を叩き切ろうとした瞬間、受話器から声が聞こえてきた。

『お前が最後の生き残りだ』

「は？」

低い男の声だった。まるで聞いたことのない声だった。

『お前を殺すまで瀋秀園殺人事件は完結しない。嘘だと思うなら、瀋秀園に来い。お前の女を殺した男がいる』

――――。

一瞬、頭が真っ白になった後、俺は間違っていた、そう冷静に考えている自分がいた。

イタズラ電話なんかじゃない。これは後藤に奈良邦彦と思しき男からかかってきた電話の内容と、ほぼ同じ文句だ。七海が殺された直後に、後藤が瀋秀園で警察でそう証言したのだ。この文句を知っている人間は、後藤と、俺と、警察、そして電話をかけた本人しかいない。

俺の女——七海。

「お前が殺《や》ったのか？」

この家の番号をどこで知ったのか、という当たり前の疑問は、頭からは消えていた。

俺の質問に答えることなく、電話は切られた。俺は暫く、受話器を握りしめたまま、凍り付いたようにその場に立ち尽くしていた。

そして自分自身に問い続ける。

どうする？

どうする？

どうする？

やがて答えは出た。

——行くしかない。

七海が殺されたあの日以来、俺はずっと頭の中でシミュレーションを繰り返していた。あの時、区役所の職員が頭を割られて殺された瞬間、わき目もふらず一目散に走って逃げていたら、もしかしたら助かったのではないか。そもそも律儀に回廊を通って出口を目指さずに塀を登って外に逃げるという選択肢もあった。それ以前に職員に注意された時点で素直に瀋秀園から外に出ていれば良かった。職員相手にだらだらやり合っていたから、奈良邦彦に襲われてしまったのだ。

もし、あの時、ああしていたら――。

意味のない後悔なのは分かっている。過去は決して変えられないのだから。だけど同じシチュエーションでもう一度やりなおしたい。そして何が正解だったのか知りたい。たとえ七海が生き返ることがなくとも――。

それでも俺はまったくの無防備で瀋秀園に行くほど愚かではなかった。時計を見た。丁度、夜の十二時だ。俺はそのまま警察に一一〇番し、瀋秀園で起こった殺人事件の犯人と思しき男から電話がかかってきたと告げた。こっちも一一〇番するのは生まれて初めてだし、興奮もしているから、話が通じるか不安だった。でもオペレーターは様々な通報を受け慣れているのだろう。俺から上手く話を聞き出し、瀋秀園にパトカーを派遣すると言った。家の戸締りをしっかりして外に出ないで、というオペレーターの言葉を軽く受け流して、俺は電話を切った。

キッチンに行って、一番切れ味が良さそうな刺身包丁を一本見繕ってバッグに忍ばせた。こんなものを持ち出したことがおふくろにバレると面倒だが、しかし手ぶらで奈良邦彦と戦えるわけがない。

俺は足音を立てぬようにキッチンから出た。できれば親父やおふくろに気付かれることなく外に出たかった。武蔵小杉に行くと言っただけで、あんなに反対した両親だ。奈良邦彦と対決すると言ったら、押さえつけてでも俺を止めるだろう。

あんなに慌てて電話を取って、受話器に向かって大声を上げたのに、親に気付かれることなく、なんて笑えるなと自嘲《じちよう》する。そして我に返った。

人気《ひとけ》がまるでない。

確かに、普通は寝ている時間だ。しかし深夜というほどでもないし、俺のことをあんなに心配していたのに、電話が鳴っても目が覚めず、ぐっすり熟睡しているなんておかしいのではないか。

――どこかに出かけているのだろうか。

我に返って状況を冷静に判断できる余裕ができて、初めて気付く。微かに血の匂いがする。

俺は恐る恐る台所から出て、両親の寝室に向かった。いるかどうか確認しようとしたのだ。しかし玄関の電気がつけっぱなしになっていることに気付き、自然と足がそちらに向いた。そして俺は――見た。

親父。

おふくろ。

二人の顔が玄関の前の廊下にあった。確かに俺の方を向いていたが、その瞳には何も映ってはいなかった。もう何も聞いていない、何の言葉も発しない、二人は。

駆け寄らなくとも、声をかけなくとも、死んでいるのは一目瞭然《いちもくりょうぜん》だった。

二人は首から下がなかった。

二人の首だけが、廊下にあったのだ。

血だまりの中、二人の顔だけが廊下に浮かんでいるように見えた。映画の特撮みたいに、廊下に穴でも空いていて、俺を驚かせるために中に入り込んで首だけ出しているのだろうか——一瞬、俺はそんなありえない想像をする。

俺はゆっくりと二人に近づいた。夢だと思った。これは夢だと。その感覚は七海が殺された直後よりも、強く激しく俺を襲った。現実の出来事とは思えなかった。だってここは家の中なのだ。さっき電話でオペレーターが言ったではないか。戸締りをしっかりしろと。つまり家の中にいれば安全なのだ。それなのに——。

奈良邦彦はこの家の電話番号を知っていた。この家の場所を知っていても不思議じゃない——。

背後で誰かの息づかいを感じ、俺はゆっくりと振り返った。

そこに、あの男がいた。

瀋秀園で七海を殺した男が。

暗がりの廊下だから、顔ははっきりと分からない。でも、あいつだ。俺には分かる。だってあの時と同じだから。殺された区役所の職員と同じように、大きな身体。黒くて長いコート。その下の黒っぽい服。そして。

手に持った、金属製の細長い物体。そこから今は七海の血ではなく、俺の両親の血が滴っているのだ。

目の前の殺人鬼に恐れ戦《おのの》いていない自分が不思議だった。七海が殺された時は、震えて何もできなかったのに。

親父もおふくろも殺された。だから俺も殺されるんだ。そう冷静に考えている自分がいた。こいつは何故、俺の後ろに立っているのだろう。いったい、どこから現れたのだろう。そんな疑問すら浮かばない。

奈良邦彦は後藤家殺人事件を起こした。後藤は生き残ったが、それは修学旅行で家を留守にしていたからだ。当時、その家にいた人間は全員殺された。だから俺も殺されるんだ。それは避けられない運命なんだ。むしろそれを望んでいる自分がいた。七海を救えなかった贖罪《しょくざい》のために、俺はこの男に殺されるしかないんだ。

でもせめて、一矢むくいたい。七海のために。

俺はすかさずバッグを開け、中に手を突っ込んだ。柄を握りしめて包丁を取り出すのと、男が鉈を振り降ろすのはほぼ同時だった。

俺がかざした包丁の刃に、鉈が叩きつけられた。衝撃で手首が震え、俺は包丁を取り落としてしまう。刃が曲がった包丁は床に落ちて、冷たい金属音を立てる。再び男は鉈を振り上げる。俺は思わず後退《あとじさ》る。その瞬間、何かボールのような物を踏んづけて、そのまま玄関に背中から転倒する。

両親の首を踏んでしまったことに気付くのと、後頭部を玄関のドアに激しく打ちつけるのとはほぼ同時だった。目の前に散った星々を振り払うように、俺は身を起こした。鉈での二度目の攻撃を空振りした男は、三度目の攻撃を繰り出すために玄関の三和土《たたき》に降り立とうとする。

その背後の廊下に、さっき落とした刺身包丁が転がっているのが見えた。

俺はすかさず三和土から上がり、男の横をすり抜けて包丁を拾おうとした。だが叶わず男に襟首をつかまれる。

「放せ！　放しやがれ、この野郎！」

俺は男の拘束から逃れようと暴れ回る。男は今度こそ俺に止めを刺そうと鉈を振り上げる。その瞬間、床の血だまりに足を取られ、男はさっきの俺のように三和土に転倒し、俺の襟首から手を放す。すかさず俺は廊下に転がった包丁に滑り込むように駆け寄り、拾い上げた。そして再び男の方に向き直った。

男と、片方しかない目が合った。あの時、七海を濡秀園の池に引きずりこんだ男だと知覚するより先に、俺は男の顔面に向けて、真一文字に包丁の刃先を滑らした。

「グギャッ！」

血しぶきが俺の身体にふりそそぎ、男のもう片方の目もつぶしたという確かな手応《てごた》えを感じた。男は絶叫し顔に手をやりながら狂ったように暴れ回る。今だ、と思った。これで仇《かたき》を討てる！

七海。

親父。

おふくろ。

その瞬間だった。

誰かが玄関のドアを激しくノックした。ドアの向こうから、くぐもった微かな声が聞こえてくる。

『赤星さん？　いらっしゃいますか？　川崎警察署のものです。叫び声が聞こえましたが、大丈夫ですか⁉』

「ガアッ！」

男は手さぐりで玄関のドアノブを見つけ、そして勢い良く扉を開けた。呆然としたような表情の警官がいた。男は持っていた鉈を警官の方に向かって手当たり次第に振り回した。男が腕を振るたびに血しぶきがあちこちに飛び散る。警官は叫び声を上げることもなく、まるで紙でできた人形のようにその場に崩れ落ちた。

男は倒れた警官の身体を踏みつけ、奇声を発しながら夜の闇に消えて行った。

「ギガァ！　ウガッゲゴッ！」

人間の叫び声ではなかった。

顔面を切り裂かれた痛みがあんな声を出させているのか、それとも後藤家の人々を殺した時点で、もう人間ではなくなっているのか。後者だ、と俺は思った。人間をあんなにも酷たらしく殺す奴に、自分が傷つけられた痛みを感じる資格はないんだ。

俺は自分の身体を見下ろした。血まみれだった。これは、俺の身体から溢れた血だろうか？　あの鉈で切られた記憶はない。だから違うと思う。でもそう言い切れない。俺は今、激しい痛みに苛まれていたからだ。もう身体の痛みと心の痛みの区別がつかない。何が何だか分からない。

親父。

おふくろ。

二人の首は、俺たちがどったんばったんしたせいで、子供が蹴飛ばしたボールのようにそこらに転がっている。三和土に落ちた親父の首など、俺や男に踏みつぶされてラグビーボールみたいな形になってしまって、ほとんど誰だか分からない。

俺は力なくその場にしゃがみ込んだ。

玄関先に倒れている警官が息をしている気配はない。顔を切られた奈良邦彦がふたたび舞い戻ってくるかもしれないという恐怖はあった。しかし、俺は何もできなかった。警察に一一〇番することも、外に助けを求めることも。

おふくろに告げられた言葉が脳裏を過る。

『人生には辛いことや悲しいことが沢山あるのよ。負けないで、しっかりと生きなさい』

おふくろにはきっと虫の知らせがあったのだろう。自分の子供があんな殺人事件に巻き込まれたのだ。俺は唯一の目撃者。口封じのために再び襲われる可能性は十分ある。そしてそれはその通りになった。あいつが単なる殺人鬼だったら、誰でもいいから手当たり次第に殺せば良かったはずだ。だが、あいつは俺の家にまでやってきた。間違いなく、俺を狙ったのだ。

だから、親父とおふくろが巻き添えになった。

俺は泣いた。親なんてうざったいと思っていたはずだ。親が死んで泣く奴を馬鹿にしていたはずだ。でも俺は流れる涙を止めることができなかった。こんなことになるんだったら、一緒に晩飯を食べれば良かった。親父と向き合ってちゃんと話せば良かった。二人は俺のせいで死んだようなものだ。俺は立ち上がることすらできず、血まみれのまま、生まれたての赤ん坊のように、嗚咽《おえつ》し、涎《よだれ》を垂らしながら、ただその場に存在し続けた。七海を救えず、両親を殺した罪にまみれながら。

◯

愛と拓治は、幸区の後藤家の前にいた。

拓治は川崎のことなら従姉に訊けばすべて分かると思っているようだったが、愛は今までずっと川崎大師に住んでいたのだ。幸区なんて、川崎大師から武蔵小杉にバスや車で行く時に通るだけで、降りたこともない。その程度の土地勘と、もともと拓治が持っていた情報を照らし合わせて、ここまでやって来たのだ。

今日、何故か拓治は中学校の制服を着て愛の前に現れた。制服姿は初めて見たが、ブレザーが似合っていてなかなか可愛い。

「部活でもあるの？」

「この後、ちょっとね」

「じゃあ、あんまり時間ないんじゃないの？」

「愛ちゃんは気にしなくていいよ」

そう拓治はそっけなく言った。

愛は改めて目の前の後藤家を見上げた。ごく普通の、二階建ての住居だ。何年も空き家なのに、意外と荒れ果てていない。被害者の親族が月に一度訪れて家の手入れをしていると聞いたことがある。しかしそれでも、やはり後藤家からは禍々《まがまが》しい印象を受けた。ここで殺人事件が起きたと知っているから、先入観でそう思ってしまうだけなのかもしれない。二人ともここに来たのは初めてだった。五人もの人間が殺された後藤家を前に、愛も拓治も圧倒されて、暫く無言だった。

その時だ。

「あなたたち、ここに何の用？」

誰かが話しかけてきたのでそちらを向くと、眉間《みけん》に皺《しわ》を寄せた中年の女性がいた。

愛は思わず拓治を見た。彼が上手いこと言いくるめてくれると思ったのだ。

しかし彼は黙って語らず、ただ後藤家を見上げているだけだった。腹立たしかった。拓治が来たいと言ったから来たのに。肝心な時に役に立たない男子だ。

「おばさんは？」

と愛は女性に一応訊いた。その質問の仕方が癇《かん》に障ったらしく、

「向かいの家の者です！」

と声を荒らげた。

「あなたたちこそ誰なの？　この町内の人じゃないんでしょう？　面白半分で見に来たんじゃないの？」

「違います。この家の妹さんと知り合いなんです。だから――」

「だから？　だから何なの？　妹さんはとっくの昔に引っ越したのよ。家族が全員殺されちゃったから」

　そんなことは教えられなくても分かっている。愛はだんだん腹が立ってきた。そもそも最初っからこんなところになんて来たくなかったのだ。それなのに、何で私がご近所さんに怒られなければならないのだろう。

「ここは事件が起こった場所なの。観光名所じゃないのよ！　ったく、あれからもう何年も経っているのに、毎日毎日、次から次に面白半分にやってきて、騒がしいったらない！　ゴミは散らかすし、落書きはするしやりたい放題！　うちには浪人生の息子がいるのよ！　また大学に落ちたらあなたたちのせいだからね！」

　息子の出来の悪さを自分たちのせいにされてはたまらない。しかし反論したら火に油を注ぐだけだろう。自分たちだって、興味本位でここに来たのは確かなのだから。

「まったく、あの家族、死んでまで私たちに迷惑かけるんだから」

　女性はぶつぶつとつぶやき始めた。愛は彼女と話すのを諦め、拓治に言った。

「拓治君。行こうよ」

「――うん」

　名残惜しそうに彼は言う。その優柔不断な態度に、愛は腹立たしくなった。

「行くの？　行かないの？　はっきりしないと、私、帰るよ」

少し強くそう言うと、さすがに拓治も頷いて、行こう、と答えた。後藤家に背を向けて当てどなく歩いた。ちらりと後ろを見ると、さっきの女性がまだこちらを睨みつけていた。姿が消えるまで見届けるつもりなのだろう。墓守、という言葉が浮かんだ。後藤家を野次馬から守ることが彼女の生きがいなのかもしれない。

「写真撮らなくて良かったの？」

頼りない拓治に、当てつけのように言った。

「あ、ああ」

「しっかりしてよ。サイト作るんでしょう？　写真がなかったら見栄えが悪いよ」

「大丈夫。場所はもう分かったから。今度一人で撮りに来るよ」

「その時は、さっきのおばさんに見つからないように気をつけてね。で、これからどうするの？」

拓治はその質問にはすぐに答えず、暫く考え込むような素振りを見せて、

「暫く歩こうよ。考えをまとめたいから」

などと言った。

「まさか、家を見ただけで奈良邦彦がどこに逃げたのか分かった訳じゃないでしょう？」

冗談っぽく愛は言った。しかし、ここを最後にして奈良邦彦の足どりが途絶えたのは事実だ。後藤家の人々を殺した後、彼は忽然と姿を消したのだから。拓治はサイトまで作ろ

うというのだ。後藤家殺人事件には自分なりの考えがあるのだろう。初めて現場を目にして、何かインスピレーションが浮かんだのかもしれない。

そして愛も無口になり、いったいどうして拓治を幸区まで案内する羽目になったのか考えた。

単純なことだ——オセロに負けたから。

『オセロでもいい？』

何故、自信たっぷりにあんなことを言ってしまったのだろう。拓治がオセロが強いなんて思ってもみなかった。川崎大師時代、オセロの勝負ではほとんど負けを知らなかったから、当然拓治にも勝てると思っていたのに。井の中の蛙《かわず》みたいで自分が恥ずかしい。

拓治の家にお邪魔したこともあったが、オセロはなかったと思う。もし彼がもっと以前から愛の家に訪れていたら、暇だからオセロでもやろうという話になって、彼の実力に気付けたのに。

「あなたの家にオセロなんてなかったから、あんなに強いなんて思わなかった」

「なくはないけど、オセロなんて子供っぽい気がしたから出さなかっただけだよ。愛ちゃんだって強いよ。だって接戦だったじゃん」

接戦だろうが何だろうが、負けは負けだ。

「勝つコツでもあるの？」

「別に。最初に取り過ぎないぐらいかな。あんまり自分の駒《こま》が多いと、置ける場所が限られちゃうからね」

そんなことは愛だって知っている。本当の必勝法は隠して決して教えないのだろう。いけすかない従弟だ。

だが、美咲に会う口実はできたかもしれない。私よりもオセロが強いの！　そう拓治を紹介すれば、美咲もそれほど不快にはならないだろう。あせらず上手いこと懐《ふところ》に入れば、自然に後藤家殺人事件の話を聞き出せるかもしれない。

「で、これからどうするの？」

「そうだね。奈良邦彦が通っていたS高に行くのは？」

「高校まで行くの？　いやだなあ」

「どうして？」

「だってS高って、不良が多くて有名だもん。あなたが書いたレポートみたいに、商業高校だから女の子が多くて、昔はそれなりに穏やかな学校だったらしいけど、今じゃスケバンばっかりって噂だよ。奈良邦彦が通っていた学校ってことで入学希望者が激減して、どんどん偏差値が落ちたんだって」

後藤家殺人事件は、どれだけ川崎にダメージを与えたのだろう。S高校も気の毒だ。幸区なのに、今や川崎区のD高校並みの悪評だ。奈良邦彦がかかわった場所はウィルスのように周辺の地域を汚染していくに違いない。

でもその勢いで武蔵小杉も汚染して欲しいと愛は思った。所詮、同じ川崎の癖に、マンションが沢山立ち並んでいるってだけで、高級住宅街気取りだ。あんな街に越したから、友達には嫉妬され、赤星にも会えなくなったのだ。

拓治がどうしても行きたいと言うので、結局S高校に行くことになった。仕方がない、ここから歩いて、せいぜい二十分ほどの距離だ。

途中、大きな商店街を通り掛かった。文房具店の前を通り過ぎる。奈良邦彦が後藤美月を目撃したのが、ここだろう。

「どうして奈良邦彦はこんなところに来たのかな?」

と愛は言った。

「どういうこと?」

「だって登校拒否してたんでしょう。学校の近くのこんな大きな商店街に来て、他の生徒に会うかも、って思わなかったのかな」

「うーん。でも、所詮高校生だろう? そんなに行動範囲は広くないと思うよ。深い考えなしに馴染みの場所に来ちゃったんじゃないかな」

その拓治の言い方に、愛は思わず笑った。

「なんだよ」

「おかしい！　所詮高校生だって！　そう言うあなたはまだ中学生じゃないの！」

「愛ちゃんだってそうじゃん」

「私は今年から高校に上がるのよ」

　愛が通うことになる武蔵小杉の高校は、客観的に判断しても、D高校やS高校よりも偏差値が高く、生徒も荒れていない。川崎大師が懐かしいのは事実だが、長い目で人生を考えると、やはり離れて良かったのかもしれないと思え、愛は複雑な気持ちになった。

「別に、一般論を言っただけだよ。中学生にだって、高校生の行動範囲が限られてるって判断はできるよ」

「でも、不良の中学生や高校生が家出をして、未だに帰って来ないって話、前に聞いたことがあるよ」

　母も川崎大師に戻ろうとする愛を引き止める時に、その話をした。

「不良って、地元から出ないっていうじゃん。仲間とか、先輩後輩の関係とか、そういうのいつまでも引きずって。同調圧力って言うんだろ？　その反動で、川崎から逃げちゃう奴もいるんじゃないの。でも、奈良邦彦はそういうタイプじゃないだろ」

「まあ、そうかもしれないね。少なくとも、あなたの書いたレポートの限りでは」

　S高校はスケバンの巣窟と聞いていたので荒廃した校舎を想像していたが、意外に小綺麗だった。だが見た目だけで判断はできない。

「人気がないね」

「だって春休みだもん。良かったね、カツアゲされなくて」

愛はからかうように言ったが、拓治はまったく意に介さない様子だった。それどころか、ずかずかと学校の敷地の中に入っていく。愛は慌てて後を追った。

「勝手に入ったら怒られるよ！」

「用事があるからいいんだ。学務課はどこにあると思う？」

「私は知らないよ！」

下駄箱のところでうろうろしていると、すぐに用務員のような男性に見つかった。

「あなたたちは？」

不審者を見るような目で見られた。殺人事件のあった現場をうろつくのはまだしも、犯人が通っていた学校にまで入り込むのはやり過ぎだ。どう言い逃れすればいいのか分からず、愛はあたふたした。

「すいません。勝手に入り込んでしまって。学校見学に伺いたいと思ったのですが、申し込みの方法が分からなくて——近場に来たので直接お邪魔してしまいました。日を改めます」

そう言って拓治は頭を下げて男性に背を向けようとした。

「あ、ちょっとここで待って。先生方がいるから、話を聞いてあげる」

その言葉に拓治は満面の笑みを浮かべて言った。

「本当ですか？　ありがとうございます！」

ハッとした。このために拓治は制服を着てきたのだ。用意周到な拓治に、この時ばかりは舌を巻いた。

「そんなにちゃんと喋れるなら、さっきおばさんに怒られた時も助けてくれれば良かったのに」

そう愛は恨みがましく文句を言ったが、

「あのおばちゃんの許可を取らなきゃあの家を見物できないって訳じゃないだろ。でも学校見学はそうは行かないじゃん」

と拓治はにべもなかった。

暫く待っていると、用務員の男性は事務職員の女性を連れてきてくれた。

「見学？」

「はい、アポイントメントを取らず非常識なのは重々承知していますが、もしよろしければ見学させていただけないでしょうか」

よくもまあ、そんな言葉がスラスラ出てくるものだ。大人に気に入られる術に長《た》けた、愛の嫌いな拓治が全開だ。

「確かに、あんまり褒められたものじゃないけど、設備の見学だけなら」

「ありがとうございます！」

アポなしで押しかけたので厭味の一つも言われると思ったが、そんなこともなかった。拓治は取材が上手いんだな、と愛は思った。本を出すというのは冗談だとしても、新聞記者なんか向いているのかもしれない。

女性は愛の方を見やって、

「こちらは？　父母って感じじゃないね」

と訊いた。なんて答えればいいのか分からず、愛は言葉に詰まった。

「一つ上の従姉です。川崎に住んでいるので、いろいろ案内してもらっていたんです。保護者同伴でなければいけませんか？」

「説明会は原則、保護者同伴だけど、今回は見学ということで必要ありません。従姉さんが川崎に住んでるってことは、あなたは違うの？」

「はい。横浜の緑《みどり》区です」

すると先ほどまでにこやかに対応していた女性の顔が、あからさまに不審げな表情になった。

「あなた、高校卒業後の進路の志望は？」

「いえ、それはまだ。高校入学のことを考えるので精一杯で、そこまで考えられなくて」

女性は、拓治の顔をじっと見つめた。

「横浜の人が、わざわざ川崎市の商業高校の見学に来るんだから、ちゃんとした目的があるのが普通だと思うの。たとえば、ご両親が商売をなさっていて家業を継ぐから、商業高校に進学しなければならないとか。それにしたって横浜にも商業高校はあるんだから、わざわざS高を受験する理由にはならないけど」

バレた、と愛は思った。学校見学などと言っているけど、自分たちが今日ここに来たのは、奈良邦彦と被害者の後藤美月が通っていた学校を偵察するためなのだ。つまりさっき殺人が起こった後藤家を見てきたのと同じ、興味本位だ。

「S高は商業高校として有名だけど、厳密にはビジネス教養科と普通科の二つの学科に別れているの。昔ながらの商業科の流れを引き継いでいるのはビジネス教養科ね。生徒数も普通科よりも遥かに多い。全県一学区だから、横浜市の方でも受験は可能です。でも普通科は川崎市内が学区だから、横浜の方は受験できないの。大学進学を希望している生徒はほとんど普通科を志望します。ビジネス教養科から大学に進学する生徒もいるけど、ほんの一握り。確かに高校入学の時点で卒業後の進路を決めておけというのは酷かもしれないけど、だったら横浜市内の普通高校を受験するのが一般的だと思うの。だって横浜の緑区から、毎日この学校に通うのよ？　あなたにとって、S高のビジネス教養科にそこまでして通う価値があるの？」

拓治は黙り込んだ。さっきまで調子のいいことを言っていたのに。反論しないってことは、諦めたのと同じことだ。

女性は拓治をずっと見ている。睨みつけているようだ。拓治は顔を伏せて、女性と目を合わせない。あまりにも気まずく、遂に愛は白状した。

「ごめんなさい」

「何が？」

女性は愛の方に目を向けた。

「この学校に通っていた後藤美月さんの妹さんと、私、知り合いなんです」

女性は今度は、愛をじっと見つめてきた。愛は拓治のように目をそらすことなく、その視線を受け止めた。

「今、後藤さんの家に行ってきたんです。お花をそなえたくて――」

そんな嘘が口をついて出た。だけど、美月の妹、美咲と知り合いなのは本当だ。もう会うこともないかもしれないけど、愛の先生だったのだ。

「あんな事件でお姉さんを亡くした美咲さんが可哀相だったんです。だから――」

「だから？」

強い口調で女性が言った。愛は頭が真っ白になり、言うべき言葉を失った。新たな嘘で言いくるめることもできない。所詮、自分たちはまだ子供なんだと思い知った。

「誰に言われてきたの？」

「違います！　自分たちの意志で来たんです！」

女性は愛をしばらく見つめて、まあいいわ、と言った。

「あの殺人事件の加害者と被害者がS高の生徒なのは事実。でも、あれは終わった事件なの。加害者が未だに見つかってないから終わってないって言う人もいるけど、とにかくもう終わり。そういうことにしておかないと、沢山の生徒を抱えている学校は運営できません。それなのに生徒の父母に成り済まして、加害者や被害者のことを探ろうとするマスコミの人間がどれほどいたか——まあ、さすがにあなたたちみたいに子供だけで来たのは初めてだけど。大人に言われて来たんじゃない、というのは信じます。じゃあ、何の目的で来たの？」

「だから美咲さんと知り合いなんです。本当です。調べてもらっていいです」

「それも信じます。じゃあ、その被害者の生徒の妹さんと知り合いだからって、どうして入学希望と嘘をついてS高に来たの？　あんな事件を起こした犯人が通っていた学校がどんなものか、見物に来ただけじゃないの？」

情けなくて、理不尽で、愛は涙が出そうになった。校舎に上がらせてももらえず、玄関で立ったまま女性に一方的に言葉をぶつけられているのも、お説教を受けている感に拍車をかける。

そもそも、こんなところに来たくはなかったのだ。オセロで負けたから、拓治に付き合ってあげただけなのだ。拓治が校舎の中に入ろうとした時も、自分は止めたのだ。それなのに、何故私が拓治と一緒に叱《しか》られなければならないのだろう？

その時だ。

「違います！」

拓治がいきなり大声を上げた。愛も女性も、その拓治の剣幕にびっくりして、思わずそちらを向いた。

「従姉が後藤家殺人事件の生き残りの方と知り合いなのは本当です。でも単に一人じゃ心細いから一緒についてきてもらっただけで、事件と今日のことはまったく関係がないんです」

「――どういうこと？」

「僕はどうしてもS高に入学したいんです。緑区から毎日通うことになっても、大学に行けなくても構いません。この高校で三年間を過ごしたいんです！」

女性は拓治の勢いに気押されたようだった。

「じゃあ、その理由を教えてくれる？」

拓治はこれ以上ないほと、元気良くその質問に答えた。

「好きな女の子がいるんです！」

「赤星君」

部屋の外から後藤の声が聞こえた。

「食事ができたよ」

そんなもんそこに置いといてくれ、と言いそうになった。だが人の住まいにやっかいになっているのに無礼だという常識的な判断はさすがの俺にもできた。俺は痛い身体に鞭打《むちう》って立ち上がる。まるで全身が錆《さ》び付いたようだ。

ゆっくりと戸を引くと、夕食を載せたトレイを持った、後藤がいた。

「無理しなくてもいい。残しても構わない。でも、一口でも二口でもいいから、食べて欲しいな」

「食べるよ」

俺はそう言って、後藤からトレイを受け取った。

「あんまり気を使わなくていいよ。逆にウザいから」

俺はテーブルの上にトレイを置いた。戸は開けたままにしておいた。量が少なく、柔らかそうなものばかりだ。

「病院の飯みたいだ」と俺は言った。その俺の冗談に、後藤は微笑んだ。冗談が言えるなら大丈夫だと思っているのかもしれない。

「俺なんか、預かってもいいの？」

水分多めの米の飯を口に運びながら、俺は後藤に訊いた。

「後藤家殺人事件と赤星家殺人事件の生き残りが同じ部屋で寝泊まりするなんて、奈良邦彦に襲ってくれと言ってるようなもんだろ」

「大丈夫。警察の人がマンションの前で見張っていてくれているから」

「警察か」

俺は小さくつぶやいた。脳裏では、玄関先で奈良邦彦らしき男に滅多切りにされた警官の姿が浮かんだ。彼はその後、死亡が確認されたという。警察官が守ってくれるといっても、絶対に安全というわけではない。

「でも、顔に大怪我をしてるんでしょう？　あいつ――。傷が癒《い》えるまで、大人しくしてるんじゃないかな」

「――うん」

確かにあいつの顔を切り裂いてやった。血しぶきが飛んだし、ダメージは少なくないと思う。しかし、あんなものは致命傷にはならない。いつか復讐のために、ふたたび俺を襲うだろう。

後藤は後藤家殺人事件の生き残りといっても、所詮、現場にいなかった女だ。俺は違う。文字通り、あの地獄から生還したのだ。それも瀋秀園殺人事件と赤星家殺人事件の、二度。あの殺人鬼が獲物を二度も取り逃がして黙っているとはとても思えない。

「そんなことより、先生、別の心配したほうがいいんじゃね？」

と俺は言った。

「別の心配？」

「俺に襲われたらとは考えないの？　俺だって男だぜ。それにもう卒業したから後腐れもない」

そう言って、俺はにやりと笑った。

愛にちゃんと別れも告げられず、七海を死なせた。今の俺に、女に対する欲望なんてない。まして後藤は中学校時代の教師だ。一緒の部屋に寝泊まりしたって、どうこうしようなんて思わない。だけど、そんな下衆《げす》な台詞を吐いてしまう。すべては俺のくだらない、安いプライドのせいだ。恋人を殺され、両親を殺されても落ち込んでなんかいないというアピールだ。本当は泣きわめいて、信じたくない、これは夢だと叫びたいのに。

後藤はじっと俺の顔を見た。軽蔑されたか、と思ったが違った。後藤の視線は、俺を哀れんでいるそれだった。後藤はちゃんと見抜いているのだ。俺の強がりを。

「誘うなら、せめて高校卒業してからにして欲しいな。あなたとそういう関係になったら、私が捕まっちゃう」

俺は鼻で笑った。

「高校卒業まで、先生がフリーって保証はないだろ？」

「私はずっとフリーよ。男の人とそういう関係になりそうになったこともある。でも後藤家殺人事件の生き残りだと知られたら、全部駄目になった。だから、大人になってからあなたが誘ってくれるなら、むしろ嬉しい」

俺は自分の今後を想った。現場にいなくてたまたま無事だった後藤ですら、偏見の目で見られるのだ。実際に殺されかけた——二度も！——俺はどれほど好奇の視線に晒《さら》されるのだろう。理不尽だ。こっちは純然たる被害者なのに。

後藤家殺人事件が川崎の伝説になったのも、奈良邦彦の消息が未だ分からないからだ。人々は、迂闊に事件の生き残りにかかわると巻き添えを食うと思っているのだろう。そしてそれは事実だった。

楓から聞かされた後藤の話を元に、七海は俺を滲秀園に連れて行き、そこで奈良邦彦に殺された。関係のない区役所の職員も一緒に。奈良邦彦は生き残った俺を狙い、両親と、俺の通報で駆けつけた警察官が犠牲になった。七海と両親は後藤の巻き添えになったと言えなくもないのだ。

身寄りのなくなった俺を引き取ってくれたのは、後藤なりに罪悪感を覚えているからかもしれない。両親の葬式の準備を進めてくれたのも、後藤だった。

『うちは2LDKだから大丈夫です』

大丈夫ですか？　そう警察に訊かれた時の後藤のトボけた答えが、どこかのどかに俺には聞こえた。もちろん一時的な処置で、最終的には施設に引き取られることになるのだろう。どこか遠くに、奈良邦彦に命を狙われるリスクを負ってまで俺を引き取ってくれる奇特な親戚でもいたら、話は別だが。

「一人暮らしなのに、ワンルームとかじゃないんだ。贅沢だな」

「教師は本や資料が多いのよ」

本と資料が恋人か、と余計な台詞が口をついて出そうになったが、堪えた。

「先生は奈良邦彦と会ったんだろう？」

「――子供の時のことだよ。姉を追って家まで来て、追い返した母の背中に隠れるようにして、見たの。大きな身体だったけど、優しそうな顔をしていた。あんな酷い殺人を犯すなんて信じられないくらい」

思い出す。七海を殺したあいつの顔を。親父とおふくろを殺したあいつの顔を。

「呼び出されて瀋秀園で会った時も、優しい顔してた？」

その質問に、後藤は無言だった。当てつけで言っていると思われたのかもしれない。その話を楓にしなかったら、俺たちが襲われることもなかった、と——。

　当てつけで上等だ。どう思われたって構わない。

「何でその時、先生は襲われなかったんだ？」

「——あなたも思ってるの？　私と奈良邦彦がグルだって」

「それならそれでいいさ。先生と一緒にいる限りは、少なくとも俺も殺されないってことだから」

　後藤は俺の目をしっかりと見て、言った。

「私は、あいつとグルじゃない」

「別にそんなこと言ってないだろ。でも、先生が奈良邦彦に殺されなかったのは事実だ。俺は襲われたのに。何か襲われない秘訣《ひけつ》があったら、教えてくれよ」

　後藤は俺から目を逸らして、何もない壁の方を向いた。でもその視線は壁を通り抜けて、後藤はどこか遠くの方を見ていた。

「大事なことだから、何べんでも言うよ。私はあいつとグルじゃない。絶対に、誓ってグルじゃない。だけど——」

「だけど？」

「時々、こんなことを思うの。もしあいつが捕まって死刑になったら、もちろんそれは嬉しいけど、明日から私はどうやって生きていけばいいのかなって」

後藤が何を言いたいのか、すぐには理解できなかった。

「奈良邦彦に復讐することが私の生きがいだった。その復讐を成したら？　私は何を生きがいにして生きればいいと思う？」

そんなこと、俺に訊かれても分からない。

「誤解しないで。だからって、奈良邦彦を庇おうだとか、匿《かくま》おうとか言っているわけじゃないのよ。あいつのことを殺してやりたいって気持ちは今でも変わらない。私が言いたいのはね。もしかしたら、奈良邦彦も私に対して同じような気持ちを持っているかもしれないってこと」

「え？」

「奈良邦彦の目的は、私の家族を根絶やしにすることだった。実際、あの夜に家にいた、母さんも父さんも姉さんもお祖母ちゃんもお祖父ちゃんも、全員殺された。だから、私を殺すためにあいつは川崎に帰って来たんだと思った。でもあいつは濤秀園で私を見逃した。私を殺すともうやることがなくなってしまうから」

そう言って、後藤は黙った。

俺は訊いた。

「じゃあ、どうしてあいつは俺や七海を襲ったんだ？」

「復讐してるんだと思う。この街に——川崎であいつは散々イジメられたそうよ」

「だからって、何で俺に——」

俺は言葉を濁した。俺はイジメられるタイプじゃない。だからといってイジメる側に回ったことはない——ないと思うが、断言はできない。一度やられたら、どんなに些細《ささい》なことでも徹底的にやり返すタイプだから、それを向こうがイジメと認識しているケースもあるかもしれない。こっちは忘れていても、相手は一生覚えているだろう。

「一度でも弱い者イジメをした奴は、殺されても仕方がないと？　もし俺がそういう人間だとしても、何で奈良邦彦に裁く権利がある？」

「裁く権利なんかない。重要なのは、この川崎という、暴力や、犯罪にまみれた街で、必然的に奈良邦彦という怪物が生まれたってこと。あなたや七海さんが襲われて、私、どれほど自分を責めたか——」

ほんの少し、後藤が声を震わせた。

「お前の家族のせいで、俺はこうなった。お前の家族のせいで、人が死んだ。すべてお前の家族のせいだ——それを私に見せつけるために、私を生かしたのよ。それが後藤家に対する復讐。七海さんやあなたのご両親の代わりに私が殺された方が、どれほど楽だったか——」

（じゃあ、死ねよ）

俺はほとんどそう言いかけた。声に出さなかったのは、本当に後藤に死なれたら当面の居場所がなくなってしまうからだ。悲劇のヒロインに酔っている後藤にうんざりしたのは事実だったが、取り敢《あ》えず今は後藤に頼るしかない。

でも、後藤に対する憤りは消せない。

七海を救えなかった後悔は、未だに俺の中に燻《くすぶ》っている。しかし、あの状況で誰が七海を助けられたのかという想いもある。第一、俺を瀋秀園に連れて行ったのは七海なのだ。そのせいで、俺は奈良邦彦という殺人鬼に付きまとわれ、両親まで殺された。どうしてただ生き残ったというだけで、俺だけが責められなければならない？

一番、気の毒なのは両親だ。

一番、罪のないのは両親だ。

あの役所の職員も、俺の家を訪ねに来た警官もそうだ。彼らはまるで関係ないのに巻き添えになったのだ。

そう言えば、瀋秀園で襲われて以降、友達からの連絡がばったりと途絶えている。そんなことを考える心の余裕はなかったから今まで気付かなかったが、仲間だったらこういう時に駆けつけて励ましてくれてもいいはずだ。それが一切ない。皆、本能で気付いているのだ。俺なんかに近づくと七海のようになると。皆、巻き添えを食いたくないのだ。

そんなものだ、友情なんて、友達なんて。あいつらを責めることはできない。俺だって、立場が逆なら同じ判断をしただろう。

俺は後藤に言った。

「さっきのこと、俺、本気だぜ」

(本気なんかじゃない)

「俺が先生を襲っても、先生が捕まるんだろう?」

(襲うつもりなんてない)

「先生のせいでこんなことになったっていうなら、俺のこと慰めてくれよ。いいだろ?」

(下衆な台詞。安いプライド。違う。俺はこんなこと言いたくない)

「慰めてほしいの?」

そう後藤が俺に訊いた。後藤は真《ま》っ直《す》ぐに俺を見ていた。その視線が気まずかったが、負けるわけにはいかないと思い、俺も後藤を見つめ返した。

後藤は言った。

「じゃあ、明日デートしてあげる」

「デート?」

「川崎駅の方に行きましょう。気分が晴れるから」

俺はそういう意味で言ったんじゃないのだが。軽くあしらわれているのかと思ったが、どうやらそうでもなさそうだ。男との交際経験が薄いのは事実なのか、それとも単に天然なだけか。

「勝手にそんなところ行ったら警察に怒られるだろ」

「どうして？　別に軟禁されてるわけじゃないんだから」

「でも、あいつに狙われるのは事実じゃん」

「そうだとしても、あんな人が多いところで襲おうとは思わないでしょう。そんなことをしたらすぐ捕まっちゃう」

「あいつが捕まったとしても、その前に殺されちゃったら意味ねーじゃん」

その時、俺は濤秀園で初めてあいつに襲われた時のことを思い出した。七海を助けられず濤秀園を逃げ出した俺は、平間寺に逃げ込んだ。ほとんど死を覚悟したが、しかし俺は助かった。あいつが大山門を決して潜ろうとしなかったからだ。

俺はその時のことを後藤に話した。後藤は興味深そうに聞いていた。

「人は多かったの？」

「まったくいなかったわけじゃないけど、平日の夕方だったから知れたもん。人が多いと襲えないなら、あの時は俺を殺す格好のチャンスじゃん。でも、あいつは大山門の前でうろうろしていた」

「そういえば先生、平間寺の中でトラブルが起こったって話、聞いたことない。こんなにあちこちで喧嘩が起きてる街なのに」

俺自身、平間寺の中でいざこざになった記憶はない。やはりこの街一番の観光名所だし、敷地も広いから、いろんな奴がやってくる。時には、むかつく奴と鉢合わせしたりする。でもそれで喧嘩に発展したりはしない。何となく、皆、神妙だ。やはりその雰囲気と、抹香臭い匂いが、荒ぶった精神を落ち着かせるのかもしれない。女子などは癒《いや》しスポットと言っていたけど、正に言い得て妙だ。

「やっぱり川崎発祥の殺人鬼だな、奈良邦彦は。平間寺の中では人を殺さないってルールを律儀に守ってやがる」

「まあ、結構なことね。あそこ、お正月には沢山の初詣《はつもうで》客が来るし、そうでなくても普段から観光客がいるんだから、礼儀正しくしてもらわないと、ますます川崎の評判が落ちちゃう」

「そんな大したもんじゃないだろ。だってテレビで全然やらないもんな。お正月の番組でも、平間寺を中継してる番組なんて観たことないぜ」

その時、俺は思いついた。

「なあ、先生。俺たち平間寺に泊めてもらわない？」

「え？」

「だって、あそこだったら奈良邦彦に襲われないんだぜ。一生安心だ」

後藤は俺の顔をじっと見つめ、言った。

「一生、平間寺に住む気？」

「少なくとも、奈良邦彦が捕まるか、死ぬまでは。そしたら生きがいがなくなるなんて言わないでくれよ。先生には生徒を教育するって生きがいがあるじゃん。聖職者なんだから」

「聖職者なんて言葉良く知ってるね」

「馬鹿にすんな！」

そう言って、俺は後藤と笑いあった。後藤の屈託のない笑顔を、俺は初めて見たような気がする。

「とにかく、奈良邦彦を何とかしなきゃね。赤星君は来月からD高校に通うんだから。川崎に住み続けなきゃならない」

「どうしても警察があいつを捕まえられなかったら、転校でもするよ」

「小学校、中学校ならともかく、高校の転校はかなりハードルが高いよ」

「別に選ばなきゃ、私立とか、定時制とか、何だってあるだろ？　最悪辞めたっていいんだ。元々、高校なんか行きたくなかったし」

さっきまで笑っていた後藤の顔がみるみる曇り、ゆっくりと顔を伏せた。時折、指先を目の方に持ってゆく。鼻を啜《すす》る音も聞こえる。

「――泣いてるのか？」

「――悔しい」

後藤は涙交じりに言った。

「奈良邦彦にご両親が殺されて、あなたの人生も狂うかもしれない。あんな奴が現れなかったら、あなたはつつがなくD高校に通えたかもしれないのに――」

「通えたかもしれないって、決めつけたみたいなこと言うなよ。ちゃんとつつがなく通うかもしれないだろ」

「そうだね。ごめんなさい。でも奈良邦彦をなんとかしないと、あなたが安心してD高校に通えなくなるのは事実でしょう？　さっき言った、奈良邦彦に復讐することが生きがいだって話は、ごめんなさい、取り消す。今の私の生きがいは、あなたがちゃんとD高校を卒業して、立派な社会人になるのを見ること。そのためにも、警察にちゃんと奈良邦彦を逮捕してもらわないと」

「このマンションの前にいる刑事って、俺たちが明日駅前に行ってもついてくる？」

「多分、ついてくるんじゃないかな。奈良邦彦が現れるか否かに関係なく。それがあの人たちの仕事だから」

いくら駅の方は人通りが多いと言っても、警察に捕まるのを承知で、奈良邦彦が襲ってくるかもしれない。まだ平間寺の方が安全に思える。

でもこのマンションにいたって、奈良邦彦に襲われないという保証はないのだ。実際、両親は、恐らく就寝中に殺されたのだから。川崎にいる限り、どこにいても命の保証はない。だったら、出かけてはいけないという理由はない。

むしろ俺が恐れたのは、奈良邦彦ではなく、後藤と一緒にいる時に誰か見知った奴に出会うことだった。後藤と一緒に街を出歩くことに、どこかウキウキしている自分がいる。後藤家殺人事件の生き残りの彼女にシンパシーを抱いていることとは別に、自分だけが特別扱いされている気がする。それはもしかしたら、あと一つきっかけがあれば、たちまち恋に落ちる類の、嬉しさ、楽しさなのかもしれない。

そんな場面を誰かに見られたら？　そして愛の耳に入ったりしたら？　たとえば地元の連中に見られたとしても、親が殺されて後藤の部屋にやっかいになっている、と説明すればきっと同情してくれて、理解を示してくれるだろう。しかし愛は武蔵小杉にいるのだから、状況が正確に伝わらないかもしれない。ねじ曲げられて伝わったら？　俺が元担任と一緒に暮らしていることは事実なのだから。

愛とはもう終わった。それなのに、愛が俺をどう思っているかを考えてしまう。俺はまだ愛に未練があるのだろうか。よりを戻して、再び愛と付き合いたいと思っているのだろうか。

自分のことなのに、分からなかった。

○

そう愛は顔を上げて拓治に言った。一面の青空がそこには広がっていた。青空のあちこちに存在する真っ白な雲が、青色に微妙な濃淡をつけグラデーションを演出している。水色、薄水色、空色、紺色、藍《あい》色、群青《ぐんじよう》色、瑠璃《るり》色、浅葱《あさぎ》色、紺碧《こんぺき》——。

「綺麗だね」

しかし拓治は、これほど見事な青空の下にいるのに、心ここにあらずといったふうに、噴水の縁《へり》に寄り掛かり、

「ああ」

と愛の言葉に答えるだけだった。

「あんまり近づくと濡れるよ」

「ああ」

「川崎の映画館にも噴水あるけど、やっぱりこっちの方が垢抜《あかぬ》けてるね」

別にそんなことは思っていなかったが、相手が川崎を馬鹿にする拓治だから、愛は自虐的にそう言った。しかし拓治は、やはりその彼におもねった愛の言葉にも、

「ああ」

とつれない返事をするばかりだった。

「さっきから、ああ、ああ、ばっかりで、私と話す気あるの？　せっかく家出に付き合ってあげてるのに！」

「付き合ってあげてる？　何言ってるんだ。家出したのは愛ちゃんの方だろ？　僕はそこまでする気なかったよ。それにどうせ作りもんだろ。こんなの」

そう拓治は、周囲の外国風の町並みを見回した。愛はモダンなビルより、こういったレトロなヨーロッパ風の建物の方が好きだった。チェコやイタリア辺りをイメージしているのかもしれない。余計に川崎が懐かしくなる。同じような雰囲気の、イタリアを模した映画館街のことを思い出すからだ。

拓治とした、不良は基本的に地元から出ないからその反動で家出をする者も現れる、という話を思い浮かべる。自分は川崎から出たのに、こうして家出をしている。不良が家出をするのか、家出をするから不良なのか、愛には分からなくなってきた。

「あの空だってそうだよ。天井に絵が描《か》いてあるだけじゃないか。ずっと青空なんて白けるよ」

「夕方になったら、夕焼けの照明入れるっていうよ。それまでいる？」

「いいよ、別に。それに家出したのは愛ちゃんの方だろ。僕はそこまでする気なかったよ」

「じゃあ、帰る？」

拓治は答えない。帰るよ、と言われたら、一人で家出する度胸がない愛も帰らざるを得ない。もう帰って来たんだ？　という母親の厭味は聞きたくない。せめてもう少し心配させてやりたい。


あれから、愛と拓治は事務の女性に案内されて、S高校を見学した。商業高校と言っても、別にどうということはなかった。体育館、図書館、食堂、コンピュータ室。一つだけ、会社のオフィスを模した教室があって物珍しかったけど、それだけだ。もちろん奈良邦彦や後藤美月の話なんて、露ほども出なかった。

帰宅した途端に、母親に質問責めにあった。学校見学のためには、二人共々身分を明かさなければならず、保護者に連絡が行くのは当然予想ができた。

拓治がどうしてもS高校を見学したいと言ったから付き合ってあげただけと、愛は言い訳をした。S高校に興味がある理由は拓治に直接訊いてとも。

だが、母は信用しなかった。

『あなたが拓治君をダシにしたんじゃないの？　拓治君は今度受験だから、拓治君の保護者の立場になれば、学校見学できると思ったんでしょ！』

母は、愛の方が後藤家殺人事件の被害者と加害者が通っていたS高校に興味を抱いていたのだと決めつけた。以前愛が、川崎大師で女子中学生が死亡した新聞記事を読みながら、奈良邦彦の名前を出したことを母は覚えていたのだ。

本当は、川崎大師に戻って赤星に会いたかったのだ。それを知られたくないから、奈良邦彦の名前を出しただけだ。それなのに、母はそんなことばかり覚えていて揚げ足を取ってくる。理不尽だった。S高校に過剰に興味を抱き、学校見学まで行こうと言い出したのは拓治だ。愛は最初から止めたのだ。そう言っても、母は聞く耳を持たなかった。自分の娘より、礼儀正しい従弟の方を信用するんだと思うと、愛も腹が立ち、久しぶりの大げんかに発展した。

それで家出した。

マンションを出て、近くの公園のベンチで少し泣いた。そして考えた。拓治の取材ごっこに付き合ってあげたのは、元はと言えば母の目を盗んで川崎に戻るためだった。でも喧嘩して家を飛び出した今、もう彼女の目を気にする必要はない。その考えに行き着くと、もう居ても立ってもいられなくなって、愛は近くの公衆電話から、赤星の家に電話をした。

知らない声の中年男性が出た。きっと父親だろうと思った。平日のこの時間帯に男親が家にいるのは、川崎だと珍しいことではない。

しかし、

『彼とどういう関係？』

と向こうは訊いてきた。父親が息子のことを彼と言うだろうか。正直に元カノと言うのも憚られて、

「中学の同級生なんです。今は引っ越して武蔵小杉に住んでいるんですけど、ちゃんと挨拶しなかったから、一度会って話したいと思って――」

と愛は答えた。しかし相手はそんな答えでは満足しなかった。名前はもちろん、電話番号や、武蔵小杉での住所まで訊いてきた。

ハッとした。直感で気付いた。彼は警察だ。

愛は比較的素行は良かったから、今まで一度も警察のやっかいになったことはない。しかし以前、赤星が他校との喧嘩で警察沙汰《ざた》になった時、彼から警察官はどんな人間で、どんなふうに話しかけてくるのか、良く聞かされていたのだ。

「赤星君、また何かやったんですか？」

『また？　またって何？』

「前に喧嘩で捕まったって言ってましたけど――」

『ああ、そんなことか。とにかく彼について何か知っていることがあったら教えなさい。大事件になるかもしれない』

愛は衝動的に電話を切った。今の電話で分かったのは、彼は今現在、何らかの事件に巻き込まれているということだ。電話先が赤星の自宅なのは間違いない。自宅に警察がいて

電話をとるなんてよっぽどの事態ではないか。

「どうしよう――」

　愛は思わず、一人つぶやいた。あの、大師公園で女子中学生死亡、の新聞記事が頭をちらつく。赤星も同じような被害にあったのかもしれない。

赤星が心配だ。心配でたまらない。でも、迂闊に彼の家に行ったら、間違いなく警察に事情を訊かれるだろう。そしたらまた親に連絡が行く。相手は警察だ。今度は家出という訳にはいかないだろう。自宅軟禁ぐらいは覚悟しなければならない。

母が川崎を嫌っているのは治安が悪いからに他ならない。娘の元カレが——理由はどうであれ——警察沙汰になっているなどと知ったら、ますます頑なに愛を川崎から引き離そうとするだろう。

愛は川崎大師に住んでいた頃の、赤星との共通の友人たちに連絡を取った。武蔵小杉に越すことになったと告げたら、嫉妬に塗《まみ》れた視線で愛を見てきた、親友だと思っていた人々。正直、電話をするのは億劫だったけど、それでも赤星のことが心配だった。

携帯電話を持っている友達はほとんどいなかった。愛もそうだけど、携帯電話を持たせたら子供たちだけでネットワークを築いて、余計に不良化が進むという、親たちの判断だった。もう高校生になるから、さすがに携帯を持つことを認める親も増えると思うが、少なくとも今は、自宅の方に電話をかけるしかなかった。

連絡が取れない者もいたけど、一人だけ自宅にいたので、話すことができた。最初こそ、川崎を裏切った人間が何の用だ、と言いたげな喧嘩腰の口調だったけど、赤星の名前を出すと態度が変わった。

『あんな奴のこと、知らないよ』

「知らない？　知らないってどういうこと？」

『あんたも今は武蔵小杉で楽しくやってるんでしょう？　川崎のことなんか忘れなよ。赤星なんかと付き合うと、あんたも巻き添えを食うよ』

「何の？　何の巻き添えを食うの？」

『勘弁して！　あんたはいいかもしんないけど、私はかかわりあいになりたくないから！』

愛はしつこく食い下がったのだが、一方的に電話が切られた。愛のことを嫌っているから話したくない、というより、赤星の話題なんか一秒だってしたくないと思っているふうだった。

――どうしたらいいんだろう。

愛は途方に暮れた。

そして思わず、衝動的に、拓治に電話をした。そもそもこんなことになったのは拓治のせいだから、文句の一つも言ってやりたいという気持ちがあった。そして川崎市民ではない拓治は生意気にも携帯電話を持っているから、連絡が取りやすい。

拓治はすぐに電話に出た。

『――はい？』

「あたしよ。あなたの従姉」

『ああ、愛ちゃんか』

「ああ愛ちゃんか、じゃないよ。拓治君のせいで、今、大変なんだから」

愛は拓治に、母親と喧嘩して家出した経緯を簡単に説明した。

『そりゃ大変だね』

「大変？　拓治君のせいでしょう⁉」

『そうかもしれないけど、こっちだって大変だから痛み分けってことにしてよ』

「何が大変なの？」

『カウンセリングに通わされそうになったから、今、逃げ出してきたとこ。だから愛ちゃんと同じく家出したってとこかな』

「カウンセリング？」

『本当にS高に通う気なのか、親に散々問い詰められてさ。つい本当のことを言っちゃったんだ。後藤家殺人事件の取材だって』

愛は思わず笑ってしまった。

「あの時みたいに、好きな女の子がいるんです！　って嘘つけば良かったのに」

『親にそんなこと言えるかよ』

「ホームページを作って、出版を目指すって話は？」

『そこまでは言ってない。実現できなかったらカッコ悪いじゃん』

制服まで着てS高校の見学に成功したのに、収穫はほとんど何もなかった。それどころか、二人して家出するはめになった。

子供が面白半分に殺人事件に首を突っこんだ、これが代償なのだと、愛は思い知った。

『川崎に行こうか？』

と拓治が言った。愛は少し驚いた。

「どうしたの？　あんなにカツアゲを怖がってたのに」

『今だって怖いよ。だから愛ちゃんと一緒に行こうかって言ってるんだよ』

愛はため息をつき、川崎に行くことを諦めた経緯を拓治に説明した。彼は黙って聞いていた。

『その愛ちゃんの元カレが警察沙汰になっているから、迂闊に川崎に行ったら、もっと騒ぎになるってこと？』

「それもそうだし、昔の友達があんなにも赤星君とはかかわらない方がいいって言ってるのは、ちょっと普通じゃないと思う」

『その友達の言いなりになって、元カレと会うのを諦めるの？　元カレと友達、どっちが大事なの？』

「――そんなこと言われたって」

　赤星がちょっと悪い仲間と付き合って、不良と見なされているのは厳然たる事実だ。心配は心配だけど、友達があそこまで赤星との関わりを恐れるのは普通じゃないと思う。不良同士の大きな抗争が起こっているのではないか。赤星には会いたい。しかし彼の不良仲間や、喧嘩相手は怖い。

「赤星君に会いに行かないって言ってる訳じゃないのよ。でも考える時間が欲しいな。ねえ、会って話せない？　川崎とか武蔵小杉以外で」

　拓治のせいで親に誤解されて喧嘩になったという憤りはもちろん、家出した者同士、親近感のようなものがあった。

『いいよ。どこで？』

　どこがいいだろう――愛は考え、一番最初に思いついた地名を、咄嗟《とつさ》に口にした。

「お台場は？」

　それで二人は、お台場のヴィーナスフォートにいた。ヨーロッパの町並みを模したショッピングモールだ。心なしか、お客さんも川崎に比べればお洒落なような気がする。

「全部、ごっこ遊びだもんな」

「ごっこ遊び？」

「S高校にオフィスみたいな教室あったじゃん。覚えてる？」

「もちろん。あそこが一番覚えてるよ。商業高校って、こういう勉強するんだって」

「要するにごっこ遊びだろ？」

「遊びって言ったら怒られるよ。会社に入って実務作業するためのトレーニングってことじゃないの？」

「じゃあ、ここは？」

拓治は周囲を見回した。

「いいじゃない。観光名所っぽくて」

「本当の観光名所じゃないじゃないか。ヨーロッパからの観光客が見たら笑われるんじゃないかな」

愛は人々に目を向けた。あちこちに外国人がいる。パッと見は分からないけど、アジア系も含めればかなりの人数だろう。

確かに、もし愛がどこか海外に旅行をして、その都市に、たとえば京都の町並みを模したショッピングセンターがあったら、思わず笑ってしまうかもしれない。

「ほら、新宿にタイムズスクエアってあるじゃん。あれだって、ニューヨークのタイムズスクエアからとったんだろう？　ニューヨーク・タイムズのビルがあるから、タイムズスクエアっていうんだよ。それなのに名前だけ真似《まね》しても意味ないじゃん。そういうのって、田舎臭いよ。外国に憧《あこが》れてさ」

愛はため息をついた。川崎の例の映画館に連れて行ったら、いったい何を言われるかと思った。

「そもそも、何でお台場なんかに来たの？」

「前から来たいと思ってたの。初めての相手に拓治君を選んであげたんだから、もっと感謝しなさいよ」

「本当は、例の元カレと来たかったんだろ？」

「当たり前じゃない。でも警察にマークされてるんだもん。あいつがそこまでワルとは思わなかったよ」

内心では赤星のことを心配していたが、強がってそう言った。

お台場は前から来たかったが、まさか家出をきっかけに来ることになるとは思わなかった。

お台場の雰囲気が、愛にはとても心地好《よ》かった。周りは皆、赤の他人だ。川崎大師は知り合いが大勢いる。迂闊に——しかも拓治を連れて！——足を踏み入れたら、また何か言われるだろう。別に何を言われてもいいのだ。でも赤星の耳に入って、余計な誤解を生むのは、あんまり望ましくない。

「あなたと一緒に川崎大師に戻ったら、絶対見知った人と会うからね」

愛は拓治にそう言ってから、つい最近、似たような考えをしたな、と思った。

奈良邦彦だ。

「奈良邦彦は登校拒否してたのに、どうして学校の近くの商店街に行ったのかな?」

「もういいよ、その話は」

拓治は奈良邦彦の話題に辟易していたようだが、愛は構わずに話を続けた。

「――学校の生徒と会うかもしれないのに」

ハッとした。

「後藤美月さんに呼び出されたからじゃないの?」

「違うよ。たまたま後藤美月と会って後をつけたんだ」

「それは彼女がそう言っているだけでしょう?」

「でも家にまで来た奈良邦彦を、後藤美月の母親が追い返してる。それは君の先生が証言してる」

「だから? 確かにそれは事実なんでしょう。でも裏を返せば、確実なのはそれしかない。たとえば、奈良邦彦が後藤美月さんをストーカーしていたって話、どっから出てきたの? 後藤美月さんが家族に話して、それを生き残った妹の美咲さんが証言したからでしょう?」

「――何が言いたいの?」

ふと、脳裏にある考えが閃《ひらめ》いた。それは、お台場に行こうと急に思いついた時のように、唐突に、何の前触れもなく、天啓のように訪れたのだ。

愛は言った。

「やっぱり、奈良邦彦は犯人じゃないのかもしれない」

●

「ここに来たのは初めて?」

と後藤が訊いた。確かにこっちにはあまり来ないけど、川崎大師に引きこもっていると決めつけているような言い方で、面白くない。

「初めての訳ないだろ。中坊の頃何度か来たよ」

俺はそう答えた。しかし、初めてじゃないとしても、せいぜい何度かだ。確かに何キロか離れているから歩いていくのは面倒だけど、電車もバスも走っているのだから、もっと頻繁に来ていてもいいのに。川崎大師に引きこもっているのと大差ない。

黄色やオレンジがかった石造りの映画館だ。映画館だけではなく、ここら一帯は石畳の道に沿って、あちこちにパスタやピザを食わせる店が立ち並んでいる。どの店も、イタリアふうの洒落た作りだ。

「『ローマの休日』みたいだな」

と俺はうっかり口にした。

「観たことあるの？」

「名前しか知らない」

あれは確かカップルで観るような恋愛映画だったなと気付いたが、後の祭りだ。

軽快な音楽に合わせて、映画館の前の広場にある噴水が上がる。近づき過ぎたカップルが、水に濡れた！　と楽しそうにはしゃいでる。でも音楽がジェームズ・ボンドのテーマなので、やっぱり作り物の空間なんだな、と思う。００７がイギリス映画だってぐらい、俺だって知っている。

「何か映画観る？『ローマの休日』はやってないと思うけど」

「いいよ。二時間座りっぱなしなんてウザいよ」

俺にそんな集中力があるなら、もう少し学校の成績も良かったはずだと思う。いや、そんなことよりも、女と二人で映画を観るなんて、これは完全なデートではないのか。後藤と二人っきりで歩いているところを見られるだけでも嫌なのに、万が一、一緒に映画を観たなんてことがバレたら、どんな噂が広まるか分からない。

周囲を見回す。やはりカップルが多いような気がする。後藤は誰がどう見ても俺より年上だが、この程度の年の差カップルなんて珍しくもない。

「来なければ良かったと思ってる？」

「思ってるよ。先生と付き合っていると思われたらたまんねーよ」

「私と付き合いたいなら、高校を卒業してからにしてって、言ったよね？」

「別に付き合いたい訳じゃない」

「――慰めてくれって言ったくせに」

後藤はそう言って、にやりと笑った。何か企んでいるような、そんな表情だった。

後藤は俺がちゃんとした社会人になるのが生きがい、などと言ったが、俺を囮《おとり》にして、奈良邦彦をおびき出そうとしているのではないか、という疑いは拭《ぬぐ》えない。両親を殺された俺を哀れんで見せた涙は、本物だと思う。後藤も家族を殺されたのだから、同じ境遇の俺に人一倍同情するだろう。七海を殺されたことにも責任を感じているとは思う。だからこそどんな手段を使ってでも、奈良邦彦を退治しようとするのではないか――。

その時だ。

「あっ、後藤先生！」

聞き覚えのある声がした。まさか、と思ってそちらを見たら、向こうから駆け寄ってくる楓の姿が見えた。思わず身を隠そうとしたが、隠れる場所なんかどこにもないので、俺は無様に石畳の上であたふたする羽目になった。もちろん、すぐに見つかった。

「あれ？　どうしたの。赤星君まで！」

　思わず舌打ちする。恐れていた事態が起こったのだ。それも、一番見つかりたくない相手に。

「一人で、お買い物？　珍しいね」

　後藤は楓に訊いた。右手にストローが刺さったドリンクのカップ。左手にどこかのショップの紙袋をぶら下げている。連れはいなそうだ。確かに楓は四六時中誰かとくっちゃべっている印象がある。

「私だってたまには一人になりたい時があるんです。これを飲みに来たんです」

　楓はカップをかかげて軽く振った。タピオカが入ったミルクティーだ。そう言えば、最近人気だとテレビでやっていた。

「川崎大師に住んでると、おやつはいつもくず餅だから、たまにはこういうものが飲みたくなるんです。先生は？」

　と楓は訊いた。噂好きの楓のことだ。てっきり、赤星君と何してるの？　と訊いてくるものだとばかり思っていたが、意外とこちらを窺うかのような繊細な口調だった。

　きっと楓は知っているのだろう。俺が後藤の部屋に居候していることを。当然、両親が殺されたことも承知だろう。噂好きの女でも、面白半分で口にしていい話題とそうでない話題の区別はつくらしい。

「赤星君、大変だったから、気晴らしに美味《おい》しいものでも食べようと思って出てきたの」

「本当――酷いよ。酷すぎるよ。七海だけじゃなく、赤星君のお父さんとお母さんまで」

そう言って、唇を震わせた。俺の両親が殺されて何でお前がショックを受けるんだ、と思わず言いそうになったが、俺は何も言わなかった。演技とは思えなかったからだ。もしかしたら楓も、気晴らしにタピオカを飲みに出てきたのかもしれない。楓も七海という友人を失っているのだ。一人になりたいというのは嘘ではないのだろう。

「それ飲んだら、あなたも一緒に来る？」

「え？　いいんですか？　やった！」

楓と一緒か、と俺は思った。お喋りな彼女に、俺は元々好感をもっていなかったが、しかし後藤と二人っきりで飯を食うことに比べれば、楓でもいてくれた方が気が楽なことには間違いない。

「ちょっと待って、今これ飲んじゃう」

そう言って、楓は近くのベンチに腰掛けてストローを口にくわえた。

「慌てないでゆっくり飲みなさい」

そう言って、後藤は微笑んだ。

「先生、いいのか？」

「何が？」

「このこと誰かに知られたら、生徒にエコヒイキしてるって思われるぜ」

「いいのよ。だってあなたたちは中学を卒業したんだから、もう私の生徒じゃない」

「ああ、そう」

「それに――親御さんを殺されたあなたにエコヒイキして何が悪いって言うの」

楓がタピオカを飲み終わるまで、俺と後藤もベンチに座って待つことにした。さっさと飲めばいいものの、お喋りな楓は、時折ストローを口から離して、俺と後藤に話しかけてくる。

「奈良邦彦に呼び出されて瀋秀園に行った時、先生はよく襲われなかったね。七海や赤星君のお父さんとお母さんは襲われたのに」

いきなり楓はそんなことを言った。ベンチに座って腰を落ち着かせたことで、噂好きのスイッチが入ったらしい。

「だって、奈良邦彦が恨んでいるのは、後藤先生の家族でしょう？　たとえ逆恨みだとしても」

たまらず俺は言った。

「デリカシーのないこと言うと、ぶつぞ」

「赤星君のことなんて言ってないじゃない」

「俺の親が襲われたって言ったろ。そうだよ！　死んだんだよ！　殺されたんだよ！　それがなんだ！」

俺は声を荒らげた。通行人たちが、こちらをちらちらと見る。さすがの楓も、シュンとしたように俯いてしまった。

「赤星君」

と後藤は、俺に目配せして、楓に話しかけた。

「何か考えていることがあるの？」

「あるけど、言うとデリカシーがないから、言いません」

「いいよ。私は怒らないから」

「本当？」

後藤は微笑んで頷く。

「先生の家族を殺したのは、実は奈良邦彦じゃないんじゃないかって」

後藤は真顔になった。

多分俺も同じような顔をしていただろう。言うに事欠いて、何を言い出すんだ、楓は。

「私の家族は、奈良邦彦に殺されたんだよ」

「失礼ですけど、それを裏付けるものは、お姉さんの美月さんの証言しかありませんよね」

「姉が嘘をついていると？」

「それは分かりません。でも、お姉さんがはっきり犯人の顔を見ていたとは限らないでしょう？　記憶が混濁していたから、奈良邦彦に付きまとわれていた時のことを話して、それを聞いた刑事が犯人のことを言っていると誤解しただけなのかも——それに、そう考えると、奈良邦彦が先生を見逃して、関係ない人たちを殺した理由が分かるような気がするんです」

「理由ってなんだよ」

　俺は訊いた。

「川崎に対する復讐」

　と楓は言った。

「イジメにあっていたから？」

「後藤家殺人事件の罪をなすりつけられたから。川崎に住む誰もが、後藤家殺人事件の犯人は奈良邦彦だと信じて疑わない。そのせいで両親も自殺した。悔しかったんだと思う。だから川崎に戻ってきた。川崎の人間を皆殺しにするために」

「そんなことできるはずねーだろ。何人いると思ってるんだ」

「そりゃ、本当に皆殺しにはできないと思うけど、できるならそうしてやりたいと思っているのは確かじゃない？　でも先生だけは殺すわけにはいかない。だって自分は後藤家殺人事件の犯人じゃないから、後藤家の人間は一人も殺せない」

「だから、瀋秀園で先生は殺されなかったって言うのか？」

俺は楓に訊いた。

「うん。だっておかしくない？　七海、あんな酷い殺され方したんだよ？」

七海の死にざまが脳裏を過る。七海だけではない。両親、瀋秀園で殺された区役所職員や、俺の家を訪れて巻き添えを食った警察官。俺だって、今こうして生きているのが信じられないぐらいだ。確かに何故、後藤だけが何もされなかったのか、謎《なぞ》と言えば謎だ。

「先生が殺されなかった理由を考えると、そういう答えに行き着かざるを得なかったの」

「じゃあ、後藤家殺人事件の真犯人は誰なんだ？　奈良邦彦は今まで、どこでどうしてたんだ？」

「さあ、それは分からないけど――」

「分からないって、曖昧《あいまい》なこと言うなよ。お前の悪い癖だぞ、それ。ちゃんと全部考えてから口に出せよ。俺も先生も家族を殺されてんだよ。遊びじゃねーんだよ！」

楓は唇を嚙んで、泣きそうな目で俺を見た。楓はお喋りなだけあって口が上手いから、こういう時、いくらでも言い返せるはずだ。しかしこの話題に関してだけは、俺の方が圧倒的に有利なのだ。俺は親を殺された。被害者の遺族には誰も言い返せない。

「赤星君」

その時、後藤が言った。

「あなたも辛い思いをした。あなたが巻き込まれた事件に対してあれこれ言う人がいたら、いくらでも憤っても構わない。でも、楓さんを責めないで。彼女は彼女なりに考えた上での発言だと思うから。それに私は、あの事件について言われることに慣れてる。私が奈良邦彦をそそのかしてやらせたんじゃないの、って言う人もいるぐらい。それに比べれば、奈良邦彦は真犯人じゃないって意見は可愛いもの。あいつが姿をくらましたのは事実だから。高校生がそんな遠くに逃げられるはずないから、真犯人に殺されたのかもって意見は珍しくない。楓さんの意見は、奈良邦彦が現在起こしている事件から逆算して導き出した推理だから、確かに新機軸かも」

後藤は教師らしく、温和な口調でどちらの顔も立てる意見を言った。しかし要するに、お前は濬秀園殺人事件や、赤星家殺人事件の関係者であって、後藤家殺人事件とは無関係だから口を出すな、と言っているようなものではないか。確かにそうかもしれないが、そもそも後藤家殺人事件がすべての発端なのだ。後藤の家族が殺されなければ、俺の両親が殺されることもなかった。口を出す権利はある。

だが、ここで楓と論争をおっ始めても仕方がないので、後藤の言う通り、言い争うのは止めることにした。でも、皮肉の一つでも言ってやりたい。

「でも楓、俺なんかと付き合わない方がいいぞ」

すると急に楓が女の口調になって、

「あたし、赤星君と付き合うの？」

と言った。

「違う！　そういう意味じゃない。俺は親を殺されたんだぜ。お悔やみの言葉の一つぐらいくれてもいいだろう？　誰からも何にもありゃしない」

「――お葬式には皆、行ったよ」

そう言って楓はクラスメイト達の名前を一人一人、指折り数えて挙げて行った。それを制して、俺は言った。

「そりゃ来るだろう。大人の手前、な。でもどいつもこいつも、逃げるように帰って行った。お前もだ」

葬儀の一切は後藤が執り行ってくれた。俺は憔悴《しょうすい》していたが、それでももしかしたら愛が葬式に来てくれるのではないかと期待していた。逃げるように帰った奴らはまだマシだったのかもしれない。結局、愛は来なかったのだから。

親の葬式でも元カノに会えないのだ。俺はもう一生、愛とは会えないだろう。その理不尽さを、俺は楓にぶつけていた。

「逃げるようにって――酷い事件だったから、声をかけにくかっただけだよ。気に障ったならごめんなさい」

「それだけじゃないだろ。俺なんかとかかわると、親父とおふくろみたいに巻き添えになると思ってるんだ。奈良邦彦に命を狙われているのは俺だからな。瀋秀園で殺し損ねたから、しつこく付きまとってくる。先生は奈良邦彦に殺されないんだろう？　でもお前はそうじゃない。俺の近くにいると、殺されるぞ。皆もそれを分かっているから、俺に近づかないんだ」

楓は俺の顔をじっと見ていた。その目にみるみるうちに涙が溜《た》まってゆく。

「可哀相」

そう楓が言った。

「七海を殺されて、お父さんとお母さんも殺されて、それで友達も信じられなくなって」

俺は居たたまれなくなって、楓から視線を逸らした。楓に八つ当たりしているだけなのは分かっていたからだ。

「皆の気持ちは分からない。もしかしたら、赤星君の言う通り、本当に巻き添えになるのを怖がっているのかも。でも私は違う！　奈良邦彦が襲ってきたら、私も一緒に戦う！」

もちろん楓はあの地獄を知らないから、簡単にそんなことを言うのだろう。しかし何故、一緒に戦うなどという決意表明をするのか。そんな義理は楓にはないのだ。

まさか、俺のことが好きなのか？

自惚れだろうか。しかし、ありえない考えではない。さっき楓が一瞬見せた女の口調。

俺は最初、愛と付き合い、次に七海と付き合った。誰にだって多かれ少なかれ、人のものを羨ましがる心理はある。それに、女はモテる男を好きになると聞いたことがある。自分がモテる男などおこがましいが、愛と別れてすぐに七海と付き合えるのだから、モテない男でもないのではないか。そして楓は、愛と七海の友達だ。

正直、まだ愛に未練はある。七海を救えなかった後悔も残っている。新しい女と付き合う心の余裕などない。しかし、楓がそういう目で俺を見ているのかも、と一度でも思ってしまった今、ただお喋りな女だと思っていた楓が別人のように見えてくるのも、事実だったのだ。

「私は愛ちゃんみたいに消えたり、七海みたいに死んだり、しないから」

そう楓は言って微笑んだ——その時。

何が起きたのか分からなかった。

楓の顔が急に視界から消えた。

楓の身体はそこにあるのだ。ベンチに座って、手にはタピオカのカップを持っている。にもかかわらず顔だけがない。

次の瞬間、生温かい噴水の水が俺の全身に降り注いだ。そう錯覚したのは、ジェームズ・ボンドのテーマが鳴り響いているからだった——すぐに気付く。水ではなかった。生温かいそれは、真っ赤な血だった。その血は、楓の首から、文字通り噴水のように降り注いでいた。

そして——見た。

血を吹き出す噴水と化した楓の身体の向こうに立っている。

まるで007のテーマ曲に合わせたように、鉈を持った手をふらふらと揺らす。

七海と、区役所の職員と、親父と、おふくろと、警官を、その鉈で殺した男の姿を。

男はベンチに座った俺を見下ろしている。俺は男を見上げるが、逆光になってその顔は見えない。

俺は男を見上げたまま、ゆっくりと視線だけを横に動かした。

石畳に、微笑んだままの楓の首が転がっていた。

もう一度、男に視線を移した。

男がゆっくりと、一瞬で楓の首を切断した鉈を振り上げる。

あの言葉が、再び脳裏を過る。

(シヌンダ――ココデシヌンダ――)

その時だった。

「逃げて!」

耳元で叫んだ後藤の声で、俺は我に返って立ち上がった。

後藤が叫んで、俺の手を取った。男――奈良邦彦の鉈が宙を切った。四方八方から、周囲の客たちの悲鳴が降り注ぐ。

「こっち!」

後藤は俺の手を強く引いて走り出す。俺は足をもつれさせながら、必死に後藤についていく。向こうに突っ立っているカップルが、何事かと言いたげにこちらを見ている。邪魔だ！　どけ！　そう叫びたいのに、まるで声が出てこない。

後藤がちらりと後ろを振り返る。その瞬間、

「伏せて！」

後藤が叫んで身をかがめた。俺は勢いあまって石畳の上に倒れ込んでしまう。手を突いて身体を支えた瞬間、俺の頭上を何かが勢い良く飛んで行った。

「ウギャ！」

物凄い叫び声に顔を上げると、突っ立っているカップルの男の方の胸に、鉈が突き刺っていた。奈良邦彦が俺と後藤めがけて鉈をぶん投げたのだ！

男はその場に崩れ落ちる。女は泣き叫びながら男に取りすがる。脳裏に、巻き添えを食って殺された区役所員や警官の姿が過る。また関係のない人間が死んだ、俺のせいで。

しかし、その死を悼んでいる余裕はなかった。後藤は死んだ男に取りすがって泣いている女に一瞥もくれずに走り出した。俺も後藤の後を追う。走りながら後ろを振り向く。奈良邦彦がカップルの男の死体に近づいて、胸から鉈を引き抜く正にその瞬間だった。女は呆然と奈良邦彦を見上げている。

俺は顔を背けた。背後から女の断末魔の悲鳴が轟《とどろ》く。もう嫌だ！　七海、区役所員、親

父、おふくろ、警官、楓、カップル。もう誰かが死ぬところを見たくない！　誰の叫び声も聞きたくない！

後藤は走り続ける。向こうには道が、遥か遠くまで続いていく。あの道を走り続ければ、奈良邦彦から逃げられるのだろうか。愛の住む武蔵小杉に行けるのだろうか。

——でも。

俺は立ち止まった。無我夢中で走っていたから気付かなかったが、俺たちは大きな雑居ビル然とした建物前にいた。イタリアを模した映画館街からは、とっくに離れてしまっていた。

「何してるの⁉　早く逃げないと殺される！」

後藤は俺の手を取り、俺の背後を見やった。きっと後藤の目には、こちらに刻一刻と近づいてくる、奈良邦彦の姿が映っているのだろう。

「放せ！」

俺は後藤の手を振りほどいた。

「どうせ先生は殺されないんだろう⁉　どこに逃げたって、どうせあいつに襲われる！　いつか決着をつけなきゃならないんなら、今ここでやってやる！」

「そんなこと言ったたって、あんなバケモノに勝てる訳ないじゃない！　ああ！　すぐそこまで来てる！」

後藤が俺の背後を見やって叫ぶ。そして恐怖に震えたように後退る。その時――。

轟音《ごうおん》と共に雑居ビルの扉が開いた。後藤はびっくりしたように後ろを振り返る。扉の向こうからはうっすら赤い光が漏れている。俺もいきなり扉が開いて驚いたので、後藤としていた話を、一瞬だけ忘れた。後藤はもう一度俺の手を握り、そして強く引いた。俺は後藤にされるがままに、雑居ビルの中に引きずりこまれていった。

そして扉が閉まった。

◯

愛と拓治は、ヴィーナスフォートにあるチェーン店のカフェに腰を落ち着かせて、先ほどの話の続きをした。

「たとえば学校で酷いイジメにあっている子がいて、その子が耐えかねてイジメっ子をナイフで刺し殺してしまう。そうなったら、どんなふうに報道される？　イジメの実態を知らなければ、イジメっ子は可哀相な被害者として扱われて、イジメられていた子は極悪非道の殺人鬼にされるんじゃない？」

「そりゃそうだよ。だって人殺しだもん。アメリカの高校とかで時々銃の乱射事件が起きるけど、そういう事情で起きた事件は少なくないんじゃないかな。でもだからって銃をぶっ放しちゃいけないだろ。ナイフだってそれと同じだよ」

愛は頷く。

「確かに、奈良邦彦が美月さんの家にまでやってきて、お母さんに追い返されたのは事実なんでしょう。妹の美咲さんという目撃者がいるから。でも、あなたが書いた文章の内容とは、ニュアンスが微妙に違うんじゃないかな」

「どういうこと？」

「美月さんをストーカーしていた訳じゃなかった。奈良邦彦は、最初っから後藤家に行くつもりだった。だから学校近くの商店街を歩いていたのよ」

「何？　じゃあ、家の場所は最初っから知っていたってこと？」

「そうとしか思えないよ。そもそもだよ。高校生が家族をほとんど皆殺しにして、忽然と姿を消すことなんてできると思う？　一人で逃げるのは限界があるし、逃げたとしても絶対どこかで目撃されている。観念して自殺したって、絶対に死体は見つかるはず」

「海に身投げしたとか」

「田舎の海じゃないの。川崎の海は毎日沢山の船が行き交う工業地帯。工場で働いている従業員も大勢いる。そんな海でプカプカ浮かんでいる死体を誰も見ていないって、そんなことありえる？」

「コンクリート詰めにして捨てれば浮かばない——」

拓治はそう言いかけて、ハッとしたように口を閉ざした。

愛は頷く。

「逃げたにせよ、死んだにせよ。絶対に第三者の手引きがあるはず。まあ真犯人がいるんだったら、そいつに殺された可能性が高いんじゃないかな。奈良邦彦は、後藤家殺人事件の罪をなすりつけるだけの存在だから、下手に生かしておくより、永久に失踪してくれた方が都合がいい」

「じゃあ、そいつって誰？」

愛は慎重に、言葉を選び選び言った。

「美月さんのことを奈良邦彦が好きだったのは確かね。事件の後、クラスメイト達は散々事情を訊かれただろうから、好きな女の子の家族を皆殺しにしてもおかしくない印象をもたれていたんじゃないかな。美月さんは自分が奈良邦彦に好かれていることを十分理解していた。それで、自分の家族を殺してその罪を奈良邦彦になすりつけることを思いついた」

「え⁉」

思わずといったふうに、拓治が大声を出す。周囲の人々の注目が、一瞬こちらに向く。

拓治はばつが悪そうに声をひそめる。

「後藤家殺人事件の犯人は、美月だっていうの？」

「だって、結局亡くなったけど、美月さんだけが現場から生きて発見されたじゃない。奈良邦彦の目的が美月さんだったら、真っ先に殺すはずでしょう？　でも他の家族は死体で発見されたのに、美月さんはまだ生きてた。手加減でもしたのかな」

拓治は軽くうなった。愛の言ったことを考え込んでいるようだった。生意気な従弟をへこまして得意になった愛は、更に話を続ける。

「それに、どうして妹の美咲さんが修学旅行で家を留守にしていた時を見計らったように、襲いに来るの？　タイミング良すぎじゃない。美月さんが殺したかったのは、祖父母と両親だけで、妹だけは巻き込みたくなかったんだと思う」

「でも、どうして？　動機は？」

「知らない」

愛はにべもなく言った。

「家族を殺したくなった理由は、美月さんの個人的なことでしょう。血の繋がった家族で、一緒に暮らしている。それだけでも殺人の動機になることはあるんじゃない？」

愛は母のことを思い出した。愛が拓治を唆《そそのか》したと決めつけた憎い母親を。だからこそ、こうして家出までしている。殺人にまでは発展しなかったが、親との関係に悩む中高生にとっては他人事ではない。

「奈良邦彦は、事件の前に、どうして後藤家に行ったと？」

「当然、美月さんが来るように言ったのよ。妹に目撃させるために。妹だけは巻き込みたくなかったのかもしれないけど、奈良邦彦が姉に付きまとっていたと後に証言させる目的もあった。だから美咲さんだけは生き残った」

「どうして家の場所を知っていたの？」

「もしかしたら、家族が留守の時にでも家に招いたのかもしれない。家中を案内させて、あちこちに彼の指紋を残すために」

拓治は少し黙り込み、そして言った。

「信じられない」

「私だって信じられないよ。でも有名な事件のことを本にするんだから、新しい解釈は絶対に必要でしょう？」

「美月の単独犯だと？」

「多分、パートナーがいると思う。だって最終的に奈良邦彦を殺して、その死体の始末をしなきゃいけないんだから、女子高生一人じゃ無理」

「美月を襲ったのは？」

「パートナーでしょう。自分だけが無傷なのはおかしいと思って、刺させたのよ。でも勢いあまって深く刺し過ぎて死なせちゃった。でも美月さんは最後まで自分が死ぬとは思ってなかったんじゃないかな。だって死ぬ間際に、予定通り奈良邦彦にやられたって言ったんだもの」

「奈良邦彦は？」

「事前に美月さんが人気のない場所に呼び出して、パートナーが殺したんでしょう。その後、後藤家の四人を殺して、美月さんを刺して、奈良邦彦の死体を処分した。こういう流れだと思う」

拓治は暫く黙って、そして言った。

「そんな証拠はない」

「奈良邦彦が後藤家殺人事件の犯人だって根拠もないよ。だって本人は失踪してしまってるんだから」

「違う！」

拓治が大きな声を出した。周囲の客たちが再びこちらを見る。だが先ほどと違って、拓治は周囲の目を気にする様子を見せなかった。

「後藤家殺人事件の犯人は、奈良邦彦だ。そうに決まってる！」

「何もそんなにムキになることないじゃない。私は可能性を言っただけなんだから」

愛は初めて拓治に不信感を抱いた。後藤家殺人事件のルポを書くと言い出した時には、単純に面白半分で首を突っ込んで仕方がないな、という印象しかなかった。しかし今は
――。

「拓治君、私に何か隠してない？」

「隠すって何だよ」

「そもそも、どうしてそんなに後藤家殺人事件に興味を持つの？」

「ホームページ作るんだよ。言っただろ」

「本当？」

「嘘だっていうのか？」

「ホームページは本当かもしれないけど、その他に後藤家殺人事件に興味を持ったきっかけがあるんじゃないかって言ってるの」

「じゃあ、愛ちゃん。そこまで言うんだったら、そのパートナーってのが誰だか言えよ！」

「何でそうなるの？」

「無責任だろ？　他人が巻き込まれた事件を憶測であれこれ言って」

「はあ？　そもそも、後藤家殺人事件の取材をしたいから川崎を案内してって言ったのは、あんたじゃない！」

　ハッとした。

　気がつくと店内の人間が皆、こちらを見ていた。目立つのは良くない。自分たちは今、家出の真っ最中なのだ。万が一、警察でも呼ばれたら困る。

「――出よう」

そのことに関しては拓治も異存がないようで、二人は客たちの視線を浴びながら店を出た。

「──じゃあ、そのパートナーを見つけろよ。そうしたら、俺も本当のことを話してやるよ」

バツが悪そうに拓治が言った。愛は拓治の、その『本当のこと』を知りたかった。よくよく考えれば、そのせいで、今、自分たちはこんな事態に陥っているのだ。『本当のこと』がろくでもないことだったら承知しないぞ、と愛は思う。

しかし、どうしたらいいのだろう? 拓治に話した推理は単なる思いつきで、何の証拠もない。ましてや美月のパートナーが誰だかなんて分かるはずがない。そんなパートナーは、自分の頭の中だけにしか存在しないのかもしれないのだ。

愛は今までのことを思い出す。武蔵小杉に引っ越したこと、拓治に後藤家殺人事件のことを訊かれたこと、オセロで負けたこと、現場になった後藤家に出向いたこと、S高校に学校見学に行ったこと──。

──。

愛は少し記憶を巻き戻した。後藤家の近隣住民のことを思い出した。

『あなたたち、ここに何の用?』

あのおばさんは腹立たしかった。そりゃ不届きな連中が殺人事件現場を見物しに来るのは事実だろうけど、何もあんな言い方しなくたって。自分たちはあそこで立ち話をしていただけなのだ。

なんであのおばさんは、愛たちのような若者を見ただけで、条件反射的に文句を言ってくるのだろう？　見物客に迷惑しているというだけで、あそこまで神経過敏になるものだろうか。

『まったく、あの家族、死んでまで私たちに迷惑かけるんだから』

あの台詞はいったい、何の意味があったのだろうか。

「ねえ、拓治君。後藤家の人たちが事件前にご近所トラブルにあってたって話、聞いたことない？」

と愛は訊いた。すると拓治は、

「あるよ」

といとも簡単に答えた。

「本当？」

「事件発生当初は、近隣住民とのトラブルが原因みたいに報道したメディアもあったって話だよ。もちろん美月が奈良邦彦のことを証言したから、すぐに報道は取り消されたけど」

あのおばさんの家族が、後藤家とトラブルになってたんだ、と愛は思った。

「今からまた、後藤家に行かない？」

「何？」

「拓治君」

二人はゆりかもめで新橋《しんばし》に戻り、そこから横須賀《よこすか》線で幸区の新川崎という駅に向かった。川崎だが、オフィス街という印象で、あまり治安が悪いという印象は受けない。駅もこぢんまりとしているが、川崎駅のように無理をして華やかにしていないだけ好感が持てる。やはり人々が川崎と聞いて受ける印象の街は、川崎駅のある川崎区だろう。愛が今まで住んでいた川崎大師など、その最たるものだ。

新川崎からバスに乗って、S高校に向かう。辺りはもう暗くなっている。

「行って何もなかったらどうするの？」

車中で拓治が訊いた。何もないはずがないという確信があった。だって、あのおばさんは四六時中、後藤家を監視しているだろうから。

「何もなくてもいいじゃない。どうせ家出してるんだから」

「でも、その後は？」

「川崎に行ってホテルでも泊まる？　行きたがってたでしょう？」

「子供だけじゃ泊めさせてくれないよ」

「拓治君、見た目はそんな子供っぽくないから大丈夫だよ。お金さえ払えば、身分を言わなくても泊めてくれるホテルは沢山あるから」

その意味を悟ったようで、拓治は口をつぐんだ。そういうホテルに従弟と一緒に泊まるなんて、親に知られたら大騒ぎするだろうが、拓治と寝泊まりしたぐらいで、何か起きるとは思わなかった。愛にとって、彼は弟のような存在だった。

S高校で降り、この間来た道を逆に辿って、後藤家に来た。夜の後藤家は、当然ながら灯などついておらず真っ暗で、凄惨な殺人事件が起きたという先入観があるからなのは間違いないが、とても禍々しく感じた。

「どうするの?」

と拓治が訊いた。

「向こうから来るよ」

と愛は答えた。数分後、その通りになった。

「なあに、あなたたち!」

向かいの家から、あのおばさんが現れた。本当に四六時中、後藤家を監視しているのだろう。以前やってきた二人だと気付くと、彼女は更に声を荒らげた。

「あなたたち、前に来た子でしょう! なんなの⁉ 面白半分に来て!」

「来ちゃいけないんですか? だってここは公道でしょう? あなたに来るなって言う権

利はないですよ」

さすがに横暴過ぎると思ったようで、拓治はそうおばさんに反論した。

「権利はある！　私はこの街に住んでいるの！　どうせその家に落書きするんでしょう！」

「落書きなんかしないよ！　文句があるならしてから言えよ！」

「何、生意気なことを――」

「ちょっとすいません」

と愛は二人の言い争いに割って入った。

「おばさん、後藤家の人たちと仲が悪かったんですか？　この間来た時、死んでまで迷惑かけて、って言ってましたよね？」

おばさんは一瞬黙った。暗いから表情は良く分からないけど、虚をつかれたような顔をしているに違いない。

「そ、そうよ。この家の人はね――」

それからおばさんは、後藤家の人々の悪口を、愛と拓治に言い立てた。ゴミの出し方。車の停《と》め方。挨拶の仕方。騒音。それはとてもありふれた、聞いた端から忘れてしまうような、当人たち以外にとってはどうでもいいような話だった。殺人の理由にはならない、とは言わないが、万が一そんな理由で殺されたなら、浮かばれないなと思う。

「じゃあ、後藤さんたちが殺されて、ホッとしましたか？」

さすがのおばさんも、その質問には答えなかった。

「とにかく、あなたたちみたいな野次馬が来て、こっちは迷惑してるのよ。死んでまで迷惑かけてって言ったのは、そういう意味」

「この間も話しましたけど、私はこの家に住んでいた、後藤美月さんの妹の美咲さんと知り合いなんです。確かに野次馬と言われればその通りかもしれませんが、美咲さんはこの家を見に来るのを許可してくれました」

嘘をついた。だがこれくらいの嘘、美咲は許してくれるだろう。

「少なくとも、この家に関しては、おばさんよりも美咲さんに権利があるのは明らかですね？」

「それが何なの？　目障りだって言ってるの！　あの子と知り合いなんでしょう！」

「どうしてですか？　どうして知り合いなら目障りなんですか？　美咲さんに何か特別な感情がおありなんですか？」

「美咲だけじゃない。あの姉妹！　雅人《まさと》を誘惑して！」

雅人というのは、例の浪人生の息子だろう。美咲は美人だった。きっと美月もそうだったろう。向かいの美人姉妹に見とれて勉強がおろそかになっても、それは当人のせいだ。しかし母親はそうは思わない。誘惑されたと決めつける。もしかしたらご近所トラブルの遠因は、そこにあるのかもしれない。

その時、玄関のドアが開いた。

「うるさいよ！　近所迷惑だろ！」

白いジャージを着た、長髪の男性が向かいの家から現れた。ファッションではなく、髪を切るのが面倒だから、そうなったと言わんばかりの外見だった。

「だって雅人、この子たちが――」

「すいません。向かいの家の美咲さんと知り合いの者なんです。少しお話しできませんか？」

この母親が後藤家の姉妹が息子を誘惑したと言っているのだから、彼も姉妹に何かしらの感情を抱いているに違いないと思った。

「美咲ちゃん？　美咲ちゃんと知り合いなの？」

雅人というおばさんの息子は、急に態度を軟化させた。

「美咲ちゃん、元気でやってるの？」

「はい」

愛は頷いた。何故、今日ここに来たのか訊かれたら困るなと思ったが、雅人はそんな質問はしてこなかった。知り合いだから、友達があんな事件に巻き込まれた家を見ておくのは当然だと思っているふうでもあった。

「上がってよ。美咲ちゃんの話を聞かせて」

と雅人は言った。おばさんはびっくりしたようだったが、息子には逆らえないらしく、二人を家に上げることに渋々同意した。

二人は居間のような部屋に通された。自分の部屋の方が都合がいいけど、いきなりのことだから掃除してなくてね、と雅人は言い訳のように言った。

明るい部屋の中で改めて雅人を見ると、無造作に髪を伸ばしているという印象は同じだが、ボサボサ頭ではなく、丁寧に整えられているようだった。着ているジャージも染み一つなく真っ白だ。会う場所によって雰囲気は違うな、と愛は思った。もっともあのおばさんは、どこで会っても同じ印象だろうけど。

「美咲ちゃん、俺のことなんか言ってた？」

返事に困ったが、ここで相手の機嫌を損ねたら、話が聞けなくなると思ったので、言葉を選び選び答えた。

「そんなには——ただ、向かいのお兄さんの話は聞いたことがあります」

そう言って、雅人の顔を窺った。雅人は満足そうに頷いていた。

「美月さんと、美咲さんの姉妹とは仲が良かったんですね」

「まあ、そりゃ、ご近所だからね」

「でも、さっきのお母さんの話じゃ、親しく付き合っていることを良く思っていないふうでしたが」

「母親、向こうの家と仲が悪かったから。俺が向こうの家の子供と仲良くしているのが気に入らなかったみたい。まあ、関係ないよな。親同士のことだし」

おかしいと思った。

仲の良かった姉妹の、姉の方が殺されているのに、終始軽い口調で彼女の死を悼む素振りも見せない。まあ、それはいい。そういう人間もいるだろう。しかし、向かいの家で殺人事件が起きたのだ。しかも犯人とされる奈良邦彦は未だ生死不明。自分だったら恐ろしくて、別の街に引っ越したいと思う。もちろん引っ越せない事情の住人もいるかもしれないけど、もう少し怯えてもいいのではないか？　雅人の態度は、まるで他人事だ。

「でも、あんな事件が起こって近隣住民の皆さんは不安でしょうね。お母さんが、あんなに私たちのような野次馬に警戒するのも分かります」

愛は話の水を向けた。さっきから彼は愛の方ばかり向いて話している。拓治を無視しているというより、最初っから眼中にないという感じだ。

「ああ、引っ越しちゃった連中も大勢いるけど、大げさなんだよ。関係ないのにさ」

何故、関係ないと言い切れるのだろう？

愛は何の根拠もない想像をする。

先ほどの雅人の母親に対する態度を鑑みるに、この家では雅人は当時から主人のように振る舞っていたのではないか。一方、美月はどうか？　両親がいて、祖父母がいる。親がうざったい年頃だ。愛もおじいちゃん、おばあちゃんは基本的に好きだが、お年寄りは頭が固いし、しょっちゅう小言を言ってくるので、面倒くさい時もある。美月も息が詰まりそうだったのではないか。トラブルになっている家に住んでいる雅人と仲が良かったことから、締めつけは強くなる一方だっただろう。

そこで美月は雅人と結託して、自分の家族を皆殺しにし、その罪を奈良邦彦になすりつけることを考えた。だから、雅人は平然としているのだ。後藤家殺人事件の犯人が奈良邦彦でないことを知っているから。

「なあ、美咲ちゃんに渡してほしいものがあるんだけど」

と雅人が言った。

「なんですか？」

「ちょっと待って」

雅人はどこからか、便箋《びんせん》と封筒を持って来て、二人の目の前で何やら書き始めた。何を書いているのかは分からないが、凝視していると文章を読み取ろうとしていると思われそうで、愛はあえてそちらを見ないようにしていた。

一方、拓治は紙の上を滑るペン先を、じっと見つめていた。

雅人は封筒に便箋を入れ、糊《のり》で封をしてから愛に渡した。

「これ、美咲ちゃんに渡してくれない？　住所も分かんないもんだから」

「いいですよ」

愛は気軽にそれを受け取った。美咲が果たして、自分と雅人のどちらの人間関係をより重視しているのかは分からないが、もしこの手紙の内容が後藤家殺人事件に関係することなら、自分にも教えてくれるはずだと思った。もし教えてくれないのであれば、それほど重大なことで、やはり雅人が事件に一枚噛んでいる根拠にはなるかもしれない。

雅人の母親の目が気になったので、二人は早々に退散した。暫く、どこに行くでもなく川崎駅の方に向かってプラプラと歩く。

「美咲さんに会うの？」

と拓治は訊いた。

「今から行くかどうかは分からないけど、会わなきゃいけないでしょう。手紙を受け取っちゃったんだから」

「ちょっとその手紙見せて」

拓治がそう言うから、愛は手紙を彼に渡した。拓治はその場所で立ち止まって、その手紙をじっと見ていた。愛は何だかおかしくなって、笑いながら言った。

「なに見ているの？　透視でもするつもり？」

すると突然、拓治は封筒をビリビリと破り始めた。愛は仰天した。

「やだ！　ちょっと何するの！」

愛は拓治を止めたが、その時には既にもう拓治は封筒の中の便箋を手にしていた。

「人の手紙を勝手に読むなんて――」

もちろん美咲とは親しい仲だから、その手紙を自分たちにも読ませてくれる可能性はあるかもしれない。しかしやはり、本人より先に読むのは罪悪感がある。

それでも愛は、拓治が手渡してきた手紙を反射的に受け取って、その内容を目にしてしまった。

手紙にはこう書かれていた。

君の家族が殺された事件について、誰にも言っていない重要な話があるんだ。一度会えないか。

●

最初は赤い照明だと思ったが、実際中に入ってみるとそれほど色彩はどぎつくなく、すぐに目が慣れてきた。天井は高いが、しかし通路はそう広くなく、床も、左右の壁も、信じられないほど錆び付き、汚れがこびりついていた。

汚い壁には、異様なポスターやチラシが貼られている。漢字だらけで平仮名のいっさいないチラシには、名医速治、不良的生活習慣、所以、不要説性功能生涯、と大きく書かれている。まったく意味が分からない。その隣に貼られたポスターには胸元を露《あら》わにした女が印刷され、金色時代、だとか、新女天使大誘惑、などというフレーズが踊っている。何となくワイセツな印象を受ける。そんな漢字だらけのチラシが汚い壁に何十枚も、無秩序に貼られている。どれもこれも貼られて何十年も経ったかのように、端が剥がれ、ところどころ破れ、色あせている。

俺は混乱した。ここは日本なのか？　どこか昔のアジアの国にタイムスリップしたのではないのか？

その時、背後でまた扉が開く音がした。

「ああ！　来た！」

後藤が叫んで、俺の手を強く引いた。俺は後藤と共に細い廊下を走った。すると向こうにエスカレーターがあったので、後藤と共に乗り込んだ。立ち止まるのももどかしく、上りのエスカレーターを駆け上がる。汚らしく、時間と共に朽ちた世界の中にあって、エスカレーターだけは真新しく、デパートなどにあるそれと同じように見えた。

俺と後藤は上のフロアに辿り着く。視界が急に広がった。築百年は経っているだろう汚い、二階建てのアパート。二階のベランダには得体の知れない観葉植物が並び、手すりには洗濯物が無造作に干されている。トタンのひさしの店先には、沢山の七面鳥だか北京《ペキン》ダックだかが吊《つ》り下げられ、銀色のトレイに手羽先が売られている。店の壁には、光明街（KWONG MING ST.）と書かれたプレートが貼られている。そんな街が川崎にあることを、俺は初めて知った。

呆然としていると、一人の男が目に入った。男は、こんな古くさい、汚い街にはふさわしくない、真っ白な近未来的な筐体《きょうたい》の前にいた。やがて筐体に小銭を入れて、備え付けの座席に座る。その筐体には車のハンドルがついていた――ゲームセンターのドライビングゲームだ。

我に返って振り向くと、そこにはゲームの筐体がずらりと並んでいた。UFOキャッチャーもかなりの台数ある。俺はあっけにとられた。ここはゲームセンターだ。

その刹那《せつな》、七海と最後に瀋秀園で交わした会話が鮮やかに蘇った。

『ほら、向こうにだってイタリアみたいな映画館あるじゃん。廃墟みたいなゲーセンも』

そうだ、ここのことを俺は以前から知っていた。だが駅の方にはあまり来ないし、十八歳未満立入禁止だから、今まで足を踏み入れたことはなかった。元々ゲームセンターは時間によって年齢制限を設けているし、ここは九龍城を模したゲームセンターだから、最初から子供の立ち入りを禁じているのだろう。

あの扉がいきなり開いたのだって、後藤が後退ったから自動ドアが反応しただけなのだろう。七面鳥だか北京ダックだかも、すべて作り物だ。レストランの食品サンプルと同じ。

そう言えばこれだけ汚らしいのに、異臭の類は一切感じない。アジアの異国も、不潔さも、まったくの紛い物なのだ。

でも俺の身体からは、異様な匂いを感じる。そのことに気付いた瞬間、我に返った。

この匂いは、そう――全身に浴びた、楓の血の匂い。

その瞬間、周囲に鳴っている音はゲーム機が発する電子音だけなのに、俺は確かにジェームズ・ボンドのテーマを聞いた。

エスカレーターに乗ってゆっくりと姿を現す――。

楓を殺した、奈良邦彦が。

「逃げて！」

俺は後藤の声で、弾かれたように走り出した。ゲーム機を縫うようにして走る俺と後藤。鉈を振りかざし、奇声を上げながら追いかける奈良邦彦。驚いた事に、周囲の客たちは俺たちになど目もくれずゲームに興じている！　これだけの内装を施したゲームセンターだ。俺たちのことも余興か何かだと思っているのだろう。違う！　このアジアの廃墟じみた世界は作り物でも、奈良邦彦は本物なんだ！

奈良邦彦が鉈を振り回すたびに、絶叫と共に客たちの腕や首が宙を舞う。たちまち辺りは鮮血で染まる。そこまでの事態になって初めて、客たちはゲーム機から顔を上げるが、しかしそれでも逃げ出そうとしない。ぽかんと口を開けている。

分からないのだ。自分の四肢が、首が、切断されなければ。死んで初めて、彼らは知るのだ。これは紛うことなき現実であると。

俺たちは下りのエスカレーターから逃げようと思った。しかしそこは、この期に及んでようやく異変に気付いた客たちでごった返していた。皆、自分だけが一目散に逃げようとエスカレーターに殺到して、ドミノ倒しのようになっていた。転倒した女性客が、エスカレーターに長い髪を巻き込まれて、そのままずるずると下に引きずられてゆく。泣き叫ぶ女性客を踏みつけながら、大勢の客たちが下に逃げてゆく。

「先生、こっちは駄目だ！」

後藤は頷き、再び走り出した。奈良邦彦はしつこく追ってくるが、逃げまどう客たちのせいで俺たちに追いつけない。奈良邦彦の通行の妨げになった者たちは、次から次へと身体を切断されてゆく。

客たちの悲鳴と、鮮血と、身体の一部分が撒《ま》き散らされる中、俺と後藤はエスカレーターをぐるりと一周して元の場所に帰ってきた。

「上！」

後藤が叫んで、上りのエスカレーターを駆け上った。俺も慌てて後を追う。上のフロアにも沢山のゲーム機の筐体が並んでいる。大きな吹き抜けがあって、下を見下ろせるようになっている。吹き抜けには、細い鉄板に手すりがついただけの簡素な渡り廊下がかかっていて、アパートの二階に繋がっている。渡り廊下は手すりと手すりの間にかけられた鎖で封鎖されていて、客の無用な立ち入りを防いでいるが、今はそんなことにかまっている場合じゃない。

俺は鎖をまたいで廊下を渡った。もうこうなったら隠れて奈良邦彦をやり過ごすしかない。アパートの部屋の窓は開けられていて、中を無造作にさらしている。俺は迷うことなく後藤と一緒に、窓から部屋の中に逃げ込んだ。

大昔の中国映画でしかお目にかかれないだろう、質素な部屋だった。他の場所と同じように汚れが施されているが、食事の最中という設定なのだろうか、どす黒いちゃぶ台の上の銀色の碗《わん》と箸《はし》だけが、鈍い光を放っている。動かない掛け時計と、誰もめくらない日めくりカレンダー。時間が凍りついているのだ、ここは。

部屋の奥にドアがあったので、その中に逃げ込もうと俺はドアノブに飛びついた。しかしノブはまったく回らない。よくよく見たら、そのドアは壁に埋め込まれた単なる装飾のようだった。

「くそっ」

俺は思わず毒づいた。

「見かけだけかよ！」

「伏せて」

後藤が小声で言った。俺は慌てて身を伏せる。そして恐る恐る窓の向こうを覗く。奈良邦彦がそこにいた。手持ち無沙汰といった感じで、手に持った鉈をぶらぶらと振り動かしている。常に人を殺さなければ、気が済まないのだ、あいつは。

何故、俺ばかり狙われているのか疑問に思ったこともあった。理由なんてないのだ。誰だっていいんだ、殺す相手は。ただ殺し損ねることは許せない。それが奴の殺人鬼としてのプライドなのだろう。

ならば俺が殺されれば、奈良邦彦は消えるのか？　この惨劇は終わるのか。

「赤星君」

後藤が小声で言った。

「楓さんの言う通り。多分、私は殺されない。私があいつを引きつける。そのうちに、あなたは逃げなさい」

俺は思わず、後藤の腕を引いた。

「楓の言うことなんて聞いちゃ駄目だ。先生が殺されない保証なんて、どこにもないんだ」

「もしそうだとしても、二人とも殺されるよりマシだよ。他のお客さんが外に逃げたから、すぐに警察がやってくる。それまでの辛抱。もし下に降りられなかったら、上の方でもいい。とにかく逃げなさい。こういうビルは避難梯子が設置されているはずだから、そこから外に降りられる」

そう言って後藤は、俺の顔を見やった。そして俺にキスをした。初めてのキスだった。愛とも七海とも、俺は手を繋いだことしかなかったのだ。

「上よ。とにかく上に行くの。大丈夫、あなたも私も殺されない。高校を卒業したら迎えに来て、それまで私、待ってるから」

後藤は止める間もなく、奈良邦彦がこちらに背中を向けた時を見計らって、すっくと立ち上がった。そして窓枠をまたいで、ベランダに降り立つ。後藤が渡り廊下を歩き始めた時、奈良邦彦が振り返った。俺のことに気付いたかと思ったが、その恐れはなさそうだった。まるで奈良邦彦の片方しかない瞳には、目の前に立っている後藤以外の人間は映っていないように見えた。

奈良邦彦は鉈で鎖を叩き切り、廊下を渡り始めた。後藤も奴に近づいてゆく。そして二人は出会い、立ち止まった。

後藤は奈良邦彦に何か言っていた。話している内容は、ここからでは聞こえない。後藤は奈良邦彦の鉈を持った方の腕をつかみ、静かにその腕を下げさせた。奈良邦彦はされるがままになっていた。そしてもう片方の手を、奈良邦彦の顔に持って行った。奴の顔を撫《な》でているようでもあった。

何をしているかは、想像がついた。

姉の美月が引っかいたせいで、失明したというもう片方の目を労《いたわ》っているのだ。なぜそんなことをするのだろう。自分の家族を殺した憎い男なのに――。

ハッとした。さっき楓の話が脳裏を過った。後藤が奈良邦彦に殺されないのは、彼が後藤家殺人事件の犯人ではないから、という楓の推測。もしかしたら後藤は、その推測が真実である事を知っているのではないか――？

だとしたら後藤は、自分の家族を殺した犯人が本当は誰だかも知っていることになる。奈良邦彦が冤罪《えんざい》である事を知っていて、今まで後藤は黙っていた。真犯人を庇うために。つまり後藤も共犯――。

俺はその一瞬、そんな愚にもつかない想像をする。楓の推測と同程度の、無責任な考え。それが間違っていたことを、俺はすぐに思い知る。

後藤は奈良邦彦の顔をそっと撫でている。奈良邦彦は鉈を持っていない手を、後藤に差し伸べる。俺は、奈良邦彦が後藤の頬《ほお》を撫でる光景を想像する。きっと後藤も、それを感じている。

でも、違った。

奈良邦彦は伸ばした手を、後藤の顔ではなく、首に持っていった。そして片手で後藤の首を締め上げ、易々《やすやす》と持ち上げた。後藤は必死に奈良邦彦の手を振りほどこうとするが、女の力じゃどうすることもできない。

意識が飛んだ。理性が崩れた。

「止めろ！」

気付くと俺は、立ち上がって大声を上げていた。ここで姿を現すと、身を挺《てい》して奈良邦彦に向かっていった後藤の勇気を無駄にすることになる、ということも頭からは消えていた。七海が死んだ時のことを思い出した。

『嫌ぁ――――！』

七海が男に腕をつかまれて身体を引きずられている。でも俺は何もできなかった。男につかまった七海を、呆然と見ていることしかできなかった。七海はそんな俺を軽蔑したまま死んだ。もう俺は誰にも軽蔑されたくない。たとえ虚しい抵抗だとしても、戦って死にたい。

「先生を放せ！　この野郎！」

後藤は奈良邦彦に首を持ち上げられながらも、必死にこちらを向こうとする。目が合うと、口をぱくぱくと動かし始める。首を締められているから言葉が出ないのだ。きっと、逃げなさいだとか、来ないで、と言いたいに違いない。俺は後藤に駆け寄ろうとした。すると奈良邦彦は、後藤を更に高く持ち上げ、そのまま手すりの向こうに放り投げたのだ！

「キャッ！」

後藤は短い叫び声を上げながら下のフロアに落ちてゆき、そのままゲーム機の筐体に激突した。俺は息を飲んだ。後藤は筐体の上に横たわったまま、ピクリとも動かない。

「先生を殺したな！」

俺の叫び声に呼応するように、奈良邦彦は雄叫《おたけ》びを上げながら、手に持った鉈を何度も何度も手すりに叩きつける。そのたびに渡り廊下全体がグラグラと揺れる。

ハッとした。

俺は両手で手すりを持って身体を支えながら、全力で床を何度も蹴った。渡り廊下の揺れが激しくなってゆく。

奈良邦彦は鉈を持ったまま身体をふらつかせている。あの大きな身体で、こんな狭い渡り廊下で暴れようというのだ。俺は奈良邦彦が、バランスを崩して下に落ちる万が一の可能性に賭《か》けた。それしか俺が助かる道はない。

「ウガァ！」

奈良邦彦は、廊下の揺れなどものともせずこちらにやってきた。しかし全力で走って来ないのは、やはり奴も下に落ちないようにバランスを取っているからだ。活路はある！

俺はそう自分を鼓舞し、何度も廊下を蹴り続ける。何度も、何度も、何度も。

すると、突然身体が宙に浮いた。

○

「名前は？」

四角い顔の警察官は、愛と拓治にそう訊いた。嘘をついてもバレると思い、素直に本名と二人の関係を言った。嘘をつく心の余裕がないということもあった。

「従姉弟《いとこ》なの⁉」

警察官は心底驚いたように言った。

「家族同士でそういうことをしちゃいけないんだよ。やっぱり性教育はちゃんとやらなきゃいかんな」

と警察官は一人つぶやくように言った。

「家族じゃないです」

そう拓治が言う。

「家族ってせいぜい、一親等の親、二親等の兄弟までじゃないんですか？　いとこは四親等ですよ」

「そういうのを屁理屈《へりくつ》って言うんだよ。仮にそうだとしたって、子供があんな場所に行く事を見逃すわけにはいかない。子供同士だから補導程度で済ませられるが、どっちかが成人だったら完全にアウトのケースだよ、これは。で、どっちが誘ったんだ？」

「――私です」

愛は言った。

「でも、一晩泊まるだけだったんです。そんな、変な事をするつもりはなかったんです。だって従姉弟同士だし――」

「実際にするかしないかは関係ないんだ。ああいう場所に一緒に寝泊まりしただけで、したってことになるんだ。分かる？」

雅人から預かった手紙を勝手に読んでしまった拓治に、愛は憤りを覚えた。しかしそれ以上に、手紙の中身は衝撃的なものだった。後藤家殺人事件に新情報があるかもしれないというだけでなく、雅人と美咲の間に特別な関係があることを示唆する内容だったからだ。手紙を読まなかったら、そのまま川崎大師に向かって、美咲に手紙を渡すつもりだった。しかし手紙を読んでしまった今は――。

そもそも、後藤家殺人事件の現場に舞い戻ったのは、拓治が美月のパートナーを教えろと迫ったからだ。愛自身、拓治が後藤家殺人事件に固執する『本当のこと』を知りたかった。それで、うるさい近隣住人のおばさんの息子がそのパートナーだという理屈を捻り出した。そもそもの事件の黒幕は美月というのも、何の根拠もない推測だ。だから今度は、雅人が美月のパートナーであるという理屈を捻り出せば、拓治は『本当のこと』を話さざるを得ないだろう。それだけの軽い気持ちだったのだ。

拓治に付き合って後藤家殺人事件を調べても、どこか他人事だった。面白半分、まるでレクリエーションのような気分だった。でも、もう違う。自分は後藤家の向かいの家の浪人生に手紙を渡され、拓治のせいとは言え、勝手に中を読んでしまった。まだ犯人が捕まっていない殺人事件に迂闊に足を踏み入れ、どっぷり腰まで浸《つ》かってしまったのだ。

何べんでも思う、繰り返し考える——後藤家殺人事件の犯人はまだ捕まっていない。野放しになっている殺人鬼に、自分が殺されないという保証が、いったいどこにあるのだろう？

美咲に会うのが急に怖くなった。だから川崎区に続く国道沿いのホテルに拓治と共に飛び込んだ。どうせどこかで一夜を明かさなければならないのだ。拓治は初めて入るこの手のホテルに興味津々だったようだが、愛はそれどころではなかった。

一番安い部屋のボタンを押してフロントに行くと、ブラインド越しにスタッフが、清掃の準備をするのでしばらくお待ちください、と言ってきた。それで愛と拓治は、ホテルの狭いラウンジで待たされた。時々入ってくるカップルが、興味津々の目で二人を見てきた。痺《しび》れを切らして、掃除はまだ終わりませんか？　とフロントに訊きに行こうと立ち上がりかけた時、制服の警察官がやって来た。それで二人は今、幸区の警察署にいる。

「ああいうホテルは、フロントにブラインドがかかっていても、スタッフは客の顔をちゃんと見てるんだよ」

「――沢山のお客さんを見慣れているから、子供だってバレちゃったんですね」

「バレるもなにも、君らはどこからどう見ても子供じゃないか！」

と警察官は言った、愛は黙った。

「親御さんには連絡した。じき、迎えに来てくれるだろう。大目玉を食らうだろうが、それは覚悟しておくんだな」

「おまわりさん」

と愛は言った。

「何？」

後はもう親に引き渡して終わりだと言わんばかりに、力の入っていない声で警察官は訊き返してきた。

「ここの警察署は後藤家殺人事件の管轄ですか？」

警察官は、子供の愛の口から後藤家殺人事件の名前が出てきて、驚いた様子だった。

「そんなことを訊いてどうするの？」

愛は、従弟の拓治に付き合って後藤家殺人事件を調べ始め、そのことを親に注意されて家出したと正直に告白した。

「――なんてまあ、最近の子供は」

警察官は心底驚いたような声を発した。

「うちの息子がそんなことをやり始めたら、俺だって注意するぞ。当たり前じゃないか」

愛は警察官の反応などお構いなしに、先ほど雅人に渡された手紙を差し出した。

「この手紙を見てください。後藤家の向かいのお宅の浪人生が、私に託したんです。後藤家殺人事件の美咲さんに渡してくれって。あの人、きっと事件について何か知ってます」

「その浪人生が真犯人だとでも言うの？」

「真犯人かどうかは分かりません。でも事件について何か知っているのは間違いないと思います」

警察官は手紙をじっと見つめ、やがて言い諭すように愛に語った。

「後藤家殺人事件は大事件だよ。確かに未だに容疑者の奈良邦彦の足どりはつかめない。警察の怠慢と批判されても仕方がないだろう、それは認める。しかし警察は威信をかけて、今も全力で後藤家殺人事件を追っている。後藤家が向かいの家とトラブルになっていたという事実も掌握ずみだ。だがその家の住民は犯人じゃない。そんなことは現場を鑑識が調べればすぐ分かるんだよ」

愛は悔しくなって、自分の推理を警察官に説明した。美月が奈良邦彦を家に誘って指紋をつけさせたとか、美月のパートナーが奈良邦彦を殺したとか——。

「そのパートナーって、君にこの手紙を渡した浪人生？」

愛は答えられなかった。憶測で人を疑っちゃいけない、と叱られると思ったからだ。

「あれは浪人生だって親も本人も言ってるけど、ただのプー太郎だ。今風に言うとニートだな。事件発生当時も浪人生で、今もその立場を続けてるんだからな。まあ、言葉の定義はどうでもいい」

警察は雅人のことを愛以上に知っているらしかった。それはそうだ。あれだけの大事件の向かいの家なのだ。犯人を目撃しているかもしれず、警察も何度も足を運んだだろう。

「あの浪人生を事件前、我々は一度逮捕しているんだ。後藤美咲さんに対する、ワイセツの疑いだ」

「――え?」

「尻を触っただとか、スカートをめくってパンツを見ただとか――ことを大げさにしたくないという双方の家族の判断で、結局不起訴で終わったが、あの二つの家族がトラブルになっていた遠因はそれだよ。だから後藤家殺人事件が起きた当初、警察は真っ先にあの浪人生を疑った。しかし彼が犯人だという証拠は出なかった。代わりに捜査線上に浮上したのは、奈良邦彦だ。君は事件前に被害者の後藤美月が奈良邦彦を家に呼び寄せて指紋をつけさせたなどと言っているが、どうやって事件が起きる前に血まみれの指紋をつけることができたって言うんだ?」

「――奈良邦彦の腕を切り落として現場に持っていって、スタンプみたいに押したのかも」

「だから、そんなことをしたのかしないのかは、調べれば分かるんだよ！　指紋のサンプルはこれ以上ないほど無数に採取できた。そんな推理小説じみたトリックをつかっても、指紋の向き、角度、他の指との間隔、みんな同じになっちまうからバレバレだ。いいか？後藤家殺人事件の犯人は奈良邦彦だ。あいつ以外に真犯人はいない」

「――だから美月が犯人だなんて嘘だ、って言ったんだ」

拓治がぽつりとつぶやいた。

姉妹が息子を誘惑した、とあのおばさんは言った。本当かどうかは、もはやどうでもいいことだ。雅人が美咲に手を出して捕まったのなら、近所中の話題になっただろう。その後、後藤家殺人事件が起こった時も、警察の疑いは晴れたが、無責任な市井の人々は雅人が犯人ではないかと言い立てただろう。だからあのおばさんは、あんなにヒステリックに現場を訪れた人々に怒鳴り散らしていたのだ。警察の捜査で潔白が証明されたのに、どうしてあなたたちは私たち母子《おやこ》を白い目で見るのか、と――。

「いずれにせよ、念のため、あの浪人生には事情を訊かなきゃいかんな。不起訴になったと言っても、まだ付け狙っているとしたら、また問題を起こすかも知れん」

と警察官は一人つぶやいた。

思わず愛は言った。

「雅人と奈良邦彦がグルだったのかも！　美咲さんにワイセツなことをして警察沙汰になったから、後藤家を逆恨みしてたの！　それで奈良邦彦を操って、家族を殺させた！」

「いい加減にしなさい！」

　警察官が一喝した。

「人が死んでいるんだ！　子供が面白半分で首を突っ込むんじゃない！」

　それで愛は黙らざるを得なくなった。警察官は向こうに行き、愛と拓治は親が来るまで放って置かれた。

　二人は廊下のベンチに力なく座り込んだ。

「僕は謝らないよ」

　と拓治は言った。

「確かに、後藤家殺人事件を取材したいから愛ちゃんを巻き込んだけど、美月が犯人って言い出したのは、そっちなんだから」

　愛は暫く黙って、おもむろに言った。

「止まらなかったの――車輪みたいに」

「え？」

「正直、何でこんなことをしてるんだろうって思った。納得できなかった。オセロに負けたばっかりに。でも、あなたがどうしてこんなにも後藤家殺人事件に興味を持っているのか分かれば、一応納得はできる。そうだよ。あなたの気持ちを知るためには、止まるわけにはいかなかったの。でももう終わり。大人たちに止められたから。本当は納得して自分で止めたかったけど」

小一時間ほどすると、愛の母親と、拓治の両親が血相を変えてやって来た。私のお父さんは来ないんだな、と愛はぼんやりと思った。

「何やってるのよ、あんたは！　拓治君を連れ回して！」

愛は笑った。そういう反応をされると思ったのだ。一つ年上というだけで、すべて自分が悪く言われる。

「何がおかしいの！」

「まあ、落ち着きましょう」

拓治の父親の叔父がそう言って母親をなだめた。一見冷静だけど、どこか他人事めいているように思える。

「そうですよ。間違いはなかったんだから」

と拓治の母親の叔母も言った。ホテルの部屋に入りさえしなければ、子供が夜出歩いても構わない、そんな考えが見え隠れする。

「本当にごめんなさい！」

母は二人に謝っていた。愛と拓治はいとこ同士だけど、父親同士が兄弟だから、愛の母は拓治の両親とは血の繋がりがない。愛の前で過剰に謝ってみせて、愛の罪悪感を煽《あお》り立てる作戦だろう。

「——武蔵小杉なんかに引っ越すからこんなことになるんだよ」

と愛は言った。

「——引っ越すだけならまだしも、川崎大師の友達とも引き離すなんて酷いよ。自由を奪うから暴走するんだよ」

「生意気言うんじゃありません！」

「生意気⁉　私はただ赤星君とちゃんとお別れの挨拶がしたかっただけだよ！　それをあんたが邪魔したんだ！」

「——何を」

母はほとんど愛に手を上げかけた。拓治の両親がそれを必死で止める。

その時愛は、親たちの後ろに立っている先ほどの警察官の姿を認めた。この茶番劇に呆れているんだろうと、と思った。

でも、違った。

「君、今、赤星君って言った？」

その声で親たちが一斉に警察官の方を振り返った。母はペコペコと彼に頭を下げ始めたが、警察官はそれを無視して、愛に近づいてきた。

「君、彼とも付き合いがあるの？」

どうして赤星君のことを？　と訊こうとして、ハッとした。

赤星の家に電話をした時、警察の人間らしき男が出て、愛にこう言ったのだ。

『彼について何か知っていることがあったら教えなさい。大事件になるかもしれない』

赤星のことは気がかりだったが、こんなことになってしまって、すっかり頭から消えてしまっていたのだ。

「赤星君、どうかしたんですか？」

「まず、彼との関係を教えてくれないか？」

母親も、拓治の両親も、愛をじっと見ている。愛は母親に当てつけるように、ハッキリと言った。

「元カレです。お別れしないで武蔵小杉に引っ越しちゃったから会いたいんですけど、連絡が取れなくて」

「そうか。川崎区だからうちの管轄じゃないんだけど、君が昔川崎区に住んでたって言うから、さっき向こうに問い合わせた時、赤星の事件のことを耳にしたんだ。まさか繋がっているとは」

警察官は一人つぶやくようにそう言った。

「赤星君、どうしたんですか？」

彼は愛の問いに、答えた。

「行方不明なんだ。川崎駅近くのゲームセンターで目撃されたのを最後に、消息を絶っている。今の段階で詳細を教えることはできないが、事件に巻き込まれた可能性もある——」

その後、愛はまた母と喧嘩した。そんな、事件に巻き込まれるような男と会うために川崎に戻りたいなんてとんでもない！　という理屈だ。現状、被害者なのか加害者なのかまだ分からないのにその言い方は酷いと思ったが、もともと赤星は喧嘩ばかりして、どちらかと言えば不良だったので、そういう目で見られるのも仕方がない面もあった。それに行方不明なのだから、川崎に戻っても赤星に会える可能性はゼロだろう。

しかし、いちいち母親にそれを言われる筋合いはない。自分が付き合う相手は自分で決める。

「愛ちゃん、今日はうちに泊まらない？」

叔母がそう言った。

「このまま武蔵小杉に帰っても、ギスギスするだけだと思うの。喧嘩した時はお互い距離を置いて、クールダウンが必要よ」

叔父も、うんそうだ、それがいいなどと言った。母は一瞬だけ不服そうな表情をしたが、最終的には拓治の両親の言うことを受け入れた。このまま帰っても喧嘩の続きになるだけなのは明らかだった。

拓治の両親が運転する車に乗って、愛は彼らが住む横浜市緑区に向かった。横浜線の鴨《かも》居《い》という駅が最寄りだ。幸警察署から車で三十分ほどだったけど、確かにここから毎日S高校まで通うのは面倒だろうな、と思う。もちろん取材のための方便だろうけど、あの事務の女性が不審がるのも頷ける。

「武蔵小杉はいいわね。お店が沢山あって」

と車中で叔母が話しかけてきた。確かに鴨居は駅前にこぢんまりとした商店街があるだけの住宅街という印象だ。買い物を楽しむのには向いていないかもしれない。そんなことより、叔母が頑なに川崎という地名を出さないのがシャクに障った。武蔵小杉よりも川崎駅前の方が、お店は沢山あるのに。

「お台場はどうだった？　楽しかった？」

「別に、見るものなにもないもん」

と拓治が答えた。お台場に行きたいといった自分に対する当てつけだと愛は考え、面白くなかった。

「明日はみんなで中華街《ちゅうかがい》に行かない？　楽しいわよ。日本じゃないみたいだから」

場を和ますために、無理をして喋ってるんだな、と愛は思った。家につくと、叔母が食事の準備をしてくれた。それまで拓治の部屋で待つことにした。

部屋に入ると、叔父がやって来て、

「ああいうホテルに泊まろうとしたのは、ただ一夜を明かすためだったんだろう？」

と訊いてきた。

「そうだよ」

と拓治は答えた。叔父は納得したように頷き、部屋を出て行った。

愛は部屋を見回した。法事など親族たちが集まる際に何度か来たことがあるが、以前と変わった様子はなかった。本棚のガラス戸の向こうに並べられているガンダムのプラモが増えているぐらいか。

その時、愛は、前に来た時はなかった本に気付き、その背表紙をじっと見つめた。

『現代オセロの最新理論』

『オセロ必勝手筋１００』

『オセロの勝ち方』

愛はゆっくりと、拓治に向き直った。

「オセロしようよ」

「またやるの？　どうせ俺が勝つと思うよ」

「美月さんのパートナーを見つければ、あなたの『本当のこと』を教えてくれるって話だったじゃない。それ、流れちゃったから、もう一回最初から。あの時は、まさかあなたがあんなに強いなんて思わなかったから、油断しちゃったの」

「じゃあ、俺が勝ったら何してくれる？」

「何して欲しい？」

拓治は暫く考え、

「勝ったら、その時に言うよ」

と答えた。

「それズルイよ。百万円くれとか、そんな無理なこと言うんじゃないの？」

「そんなこと言うかよ。ガキじゃあるまいし」

「キスしてくれって言うのも、嫌だよ」

「言わねーよ！　愛ちゃんが多分、嫌がらないことだよ」

拓治はオセロ盤を出してきた。愛が言い出しっぺだから、先攻の黒は譲ってあげた。最初の駒を置く時、拓治は勝っても負けても同じ、意味のない賭けだけど、とぽつりとつぶやいた。
●

何が起こったのか分からなかった。無重力空間にいるかのように、身体がふわっと浮き上がる。俺は必死に左右の手すりを握りしめて身体を支える。その刹那、気付く――渡り廊下が落ちてゆく。

アパートに繋がっている方の廊下が外れたのだ。向こうは辛うじて皮一枚繋がっている。さすがの奈良邦彦もたまらず、こっちに向かって転がるように落ちてくる。来るな！　と叫んだ瞬間、廊下のこちら側の端が、下のフロアの筐体に激突した。その衝撃で、俺の身体はいっそう高く浮き上がるが、手すりをしっかり握りしめていたから、その場で床や手すりに身体を打ちつけるだけで済んだ。

だが奈良邦彦は着地の衝撃で、俺の頭上を飛び越えて、物凄い勢いで宙を舞った。そしてそのままドライビングゲームの筐体に身体ごと突っ込んだ。

俺は恐る恐る、ゆっくりと身体を起こした。

辺りはゲームセンターの客たちの首や手足が転がる地獄絵図と化していた。うめき声すら聞こえないから、皆死んでいるのだろう。後藤の姿は見えない。落ちた渡り廊下に押しつぶされてしまったのか。

その時、俺は床に転がった、鈍く光るものを見た。

奈良邦彦の鉈だ。

俺はすかさず駆け寄って鉈を拾い上げた。奈良邦彦は筐体の画面に頭を突っ込んだままピクリとも動かない。

「この野郎！」

俺は奈良邦彦の背中を鉈で切りつけた。こいつのせいで全部無茶苦茶になった！　こいつが！　こいつが！　こいつが！

その瞬間、奈良邦彦がうめき声をあげた。まだ生きてる！　俺は両手で鉈を構えて、身構えた。奈良邦彦が立ち上がって、ゆっくりとこちらを振り向いた。

「うわぁー！」

俺は怒りと恐怖に任せて、鉈を奈良邦彦に叩きつけた。奴は腕を上げて鉈から身を守ろうとした。鉈が腕を直撃する。その瞬間、小気味よいほどの手応えと共に腕が切断され、切り口から血が噴射する。

こんなに簡単に人間の身体は破壊できるんだ。俺はしばし呆然としていた。しかしすぐに我に返って、叫ぶ。

「七海の仇だ！」

奈良邦彦は苦しそうにうめきながら、俺を見た。

そして言った。

「後藤家殺人事件の犯人は俺じゃない」

信じられなかった。まるでライオンや熊のような猛獣が言葉を発したかのような気持ちだった。

「美月は近所の男と付き合っていた。交際を家族に反対されたから、家族を男に皆殺しにさせたんだ。そしてその罪を俺になすりつけた。美月は妹の美咲だけは助けてやりたかったから、修学旅行で留守の時に決行した。自分も襲われないと不自然だから、死なない程度に男に刺させたが、結局その傷が元で死んだ。俺もその男に殺されかけたが、逃げている最中で外国の工作員に拉致された。その国で暗殺者の訓練を受けて、川崎に舞い戻ってきたんだ。俺を後藤家殺人事件の犯人だと決めつけた、川崎の連中に復讐するために」

そう言って、奈良邦彦は沈黙した。そして請うように俺を見た。助けを求めているような表情だった。

「――だからなんだ」

俺はうめくように言った。

「知ったことじゃねえ！　それが俺に、七海に、何の関係がある！」

奈良邦彦はゆっくりとこちらに近づいてくる。

「来るんじゃねえ！」

俺は足を狙って鉈を振った。片足が切り離され、奈良邦彦がその場に崩れ落ちる。

「これは、おふくろのぶんだ！」

助けてくれ、そう言いたげに奈良邦彦がもう片方の手を伸ばす。俺はその腕に向かって、すかさず鉈を振り降ろす。

「これは親父のぶん！」

さすがの殺人鬼も、両手と片足を切断されて苦しそうにうめいた。

「おい！　こっち向け！」

俺は奈良邦彦に呼びかける。彼は苦しそうに顔をあげた。

「楓のぶんだ！」

俺の叫び声と共に、川崎の歴史上、いや、日本の犯罪史上、稀代の殺人鬼の首が宙を舞った。

奈良邦彦の身体が力なくその場に崩れ落ちるのと、俺の手から鉈が滑り落ちるのはほぼ同時だった。

終わった。

これで、もう、本当に、終わったんだ。

俺は暫しその場に座り込み、警察が来るのを待った。警察なんか嫌いだが、今は高らかに宣言したい気持ちでいっぱいだ。あの奈良邦彦を俺が退治したんだと。

しかし、誰かがやってくる気配はない。俺は手持ち無沙汰になってしまって、向こうに転がっている奈良邦彦の首の方に歩いて行った。おふくろの、親父の首のことを思い出した。親父の首など、踏みつぶされてほとんど誰だか分からなくなってしまっていた。

「このやろ」

そう言いながら、俺は奈良邦彦の首を蹴った。

「このやろ、このやろ」

奈良邦彦の首は血まみれの床の上をころころと転がった。

このやろー！　と叫んで、俺は首をサッカーボールのように蹴り上げようとした。その時――気付いた。

俺は足を降ろし、ゆっくりとその場に跪いた。そして奈良邦彦の首をそっと取り上げた。

あれだけ俺にとって憎悪と恐怖の存在だった奈良邦彦は、こうして首だけになってしまうと、どことなく間抜けな顔だった。

血まみれの顔を綺麗に、指で拭った。美月に引っかかれて失ったという左目は黒目まで真っ白だった。何が後藤家殺人事件の犯人は俺じゃない、だ。こいつが犯人でないというのであれば、この目はいったいどうしたと言うのだ。しかし今はそんなことはどうでもいい。

こいつが家に襲いに来た、あの日のことを思い出した。

『ギガァ！　ウガッゲゴッ！』

こいつは獣のような叫び声を上げながら、俺の家から逃げ出した。その直前、俺は包丁でこいつの顔面を切り裂いたのだ。残った右目までつぶしてやったという感覚を確かに感じた。

その傷がない。

辛うじて右目が助かったとしても、こいつの顔を包丁で切り裂いたのは確かだ。何かしらの傷が残っていなければおかしいはずだ。

七海を瀋秀園の池に引きずり込んだ奈良邦彦の顔を思い浮かべた。あいつはこんな顔をしていただろうか?

「――違う」

俺はつぶやいた。違う、こいつは奈良邦彦じゃない。

力の抜けた俺の手から、男の首がころころと転がっていった。

俺は周囲を見回し、後藤を探した。生きているにせよ、死んでいるにせよ、このフロアに倒れているはずだから。でもどうしたことだろう。後藤の姿はどこにも見えないのだ!

俺は混乱してグルグルと辺りを歩きまわった。中国を模した庭園。イタリアを模した映画館街。九龍城を模したゲームセンター。ならばそれらの場所に現れたこの男も、奈良邦彦を模した偽者だと言うのか?

「先生!」

俺は後藤を呼んだ。

「どこにいるんだよ、先生!」

その時、あの後藤の言葉が脳裏を過った。

『上よ、とにかく上に行くの』

俺はエスカレーターに向かった。もういくらでも外に出られるが、俺は迷わずに上りのエスカレーターに乗った。そして更に上へ。上のフロアに行くたびにアジアの廃墟のような内装は薄れてゆく。それどころか、ゲーム機の筐体等も徐々に少なくなっていき、最後は本物の廃墟のように、がらんとした空っぽのフロアに出た。人っ子一人いない。客は皆外に逃げたとしても、従業員が一人もいないのはどういうことだろう。

エスカレーターはその空っぽのフロアで終わっていた。壁に小さなドアがあり――これは見かけだけではなかった――それを開けると上に続く階段があった。俺は迷わず階段を登った。

階段を登った先にあるドアを開けると、そこは屋上だった。急に日差しに晒されて俺は目がくらみそうになった。ゆっくりと屋上を歩く。さっきまでいたイタリアを模した映画館街が見える。こうやって上から見下ろすと、そこだけが周囲と雰囲気が違うのが良く分かる。真下の道路では小さな人々が騒然としている。ここから逃げ出した人々だろう。顔を上げる。川崎大師が見えるかと思ったが、平間寺はそれほど高い建物ではないので、ここからではまるで分からない。町並みは、遥か向こうで途切れている。多分あそこが、京浜工業地帯なのだろう。海沿いに連なる工場。川崎の果て。

これが俺の知っている川崎のすべてなんだ。ここで生まれて、結婚して、子供を作り、死んでいく。このちっぽけな街で。でも愛はこの街を抜け出して、無限に広がる世界で、これからの人生を送っていくのだろう。愛に会いたいと強く思った。愛に話したい、今日までのことをすべて。そして、愛が去ってしまった日から、俺がどれだけの地獄を見てきたのかを。俺は振り向いて、愛が住んでいる武蔵小杉の方を見た。

◯

拓治の家に泊まった翌日、愛は拓治の『本当のこと』を聞いた。オセロに勝っても負けても同じことだという意味も、その時、分かった。

「後藤美咲が好きなんだ」

開き直ったように、拓治は言った。

「後藤家殺人事件のホームページを作るとか、本を出すとか、全部嘘だよ。後藤家殺人事件の取材をすれば、後藤美咲に会えると思ったんだ」

そんなことは想像もしなかったが、不思議と驚きは少なかった。そう考えれば、これまでの拓治の不審な言動も説明できるような気がしたからだ。

「どうして会ったこともない女子《ひと》を好きになったの？　やっぱり後藤家殺人事件で有名だ

から？」

「会ったことあるよ。会ったって言うか、見ただけだけど。だから事件は関係ない。向こうは俺のことを知らないと思う」

「どこで？」

「愛ちゃんと一緒にいるところを見かけたんだ」

「いつ？」

「川崎大師のこども文化センターにいただろ？」

「川崎大師に来たの⁉」

驚いた。拓治はカツアゲにあうからと、川崎大師のことを嫌っていたはずなのに。

「川崎にイタリアみたいな映画館あるだろ。鴨居には映画館ないから、友達とそこにガンダムの映画、観に行ったんだ。そしたらその友達、映画終わった後、川崎って言ったら川崎大師だから見物に行きたいって。俺、大師には従姉が住んでいるから嫌だって言ったんだけど」

「何で嫌なのよ？」

「だって、うっかり会ったら気まずいじゃん。そしたらカツアゲにあって――金取られるの悔しいから、友達と走って逃げたら、こども文化センターがあったから、そこに逃げ込んだんだ。暫く、あいつらをやり過ごすために時間つぶしてたら、暫く、愛ちゃんと美咲に気付いたんだ。一緒にオセロしてた」

ハッとした。

『今まで誰にも言わなかったけど、あなただけには教えてあげる』

あの日、愛は武蔵小杉に越すことになったから、最後のお別れに美咲と会ったのだ。その時に、最後のオセロの勝負をしながら、美咲が教えてくれたのだ。自分が後藤家殺人事件の生き残りであることを。事件後、親戚に引き取られて川崎区に引っ越してきたそうだ。

まさか、その場に拓治がいたとは。

拓治があれほどカツアゲを恐れていた理由も分かった。実際、被害にあいかけたからだろう。また迂闊に川崎大師に足を踏み入れて、万が一、同じ連中と遭遇したら敵わないと思ったのだろうか。

愛は、同じ中学校の下級生だった美咲と、そのことも文化センターで知り合った。美咲は子供たちの中で一番オセロが強かった。だから愛は彼女を先生と呼んで、オセロを教えてもらっていた。オセロ大会で準優勝したのも、美咲のおかげだ。もっとも先生には敵わなかったので、決して優勝はできなかったが。

「声かけてくれれば良かったのに」

「だから言っただろ、気まずいって。友達にもそう言って、愛ちゃんたちに気付かれないように、できるだけ大人しくしてたよ。その時、愛ちゃんと後藤美咲が話しているのを聞いたんだ。後藤家殺人事件のこととか、S高校に通えば、奈良邦彦の手がかりがつかめるかもしれないから、進学を真剣に考えていることとか――」

「もしかして、あなた本当にS高校に進学するつもりだったの⁉」

拓治は頷いた。愛は、拓治は後藤家殺人事件の取材のために、進学希望と称してS高校に見学に行ったと思っていた。でも実際は逆だったのだ。

そう言えば、何のためにS高校を志望するのか事務の女性に訊かれた際、拓治はハッキリと答えたではないか。

『好きな女の子がいるんです！』

あれこそ、紛うことなき彼の本心だったのだ。あの日、確か拓治は中学の制服を着ていた。やけに用意周到だなと思っていたが、最初から本気でS高校の学校見学をするつもりだったと考えれば説明がつく。

「だから本を買ってまでオセロの勉強してたのね」

拓治は頷いた。オセロで強くなれば、美咲と勝負する機会もあるかもしれない。後藤家殺人事件も、S高校も、オセロも、そして従姉の自分も、みんな同じ。拓治はただ美咲と知り合うきっかけが欲しかったのだ。

そう言えば愛が、美月がパートナーと組んで自分の家族を殺した、という推理を披露したら、拓治は烈火のごとく怒った。思えばあの時に気付いても良かったのだ。拓治にしてみたら、好きな女の子の姉がパートナーと結託して自分の家族を皆殺しにしたなんて、冗談でも信じたくなかったのだろう。被害者遺族なら、奇異の目で見られることはあっても、まだ同情してもらえる。でも加害者遺族はそうではない。雅人から預かった手紙を勝手に読んだのも、同じ理由だ。雅人と美咲が交際しているのかもしれないと思うと、気が気ではなかったのだろう。

「もし、あなたがオセロに勝ったら、私に何を要求するつもりだったの？」

「――後藤美咲に紹介してくれ、って頼むつもりだった」

勝っても、負けても、同じこと。目的は美咲であると、自分に知られる。

愛は何となく、面白くなかった。何故そんな気持ちになるのか自分でも分からなかった。いくら四親等の親族で法律上結婚もできると言っても、従弟は従弟だ。拓治のことなんて、何にも、これっぽっちも、気にしていないつもりだったのに。

「じゃあ、紹介しなくてもいいのね？　正直、その方が私、助かる。武蔵小杉に引っ越しちゃったから、向こうの友達、私のことを裏切り者だと思ってるみたいなの。美咲さんとも、引っ越してから一度も会ってないし」

一度も会ってないのは本当だったが、多分、美咲とはわだかまりなく会えると思った。そもそも美咲は幸区の出身だから川崎大師に思い入れはないだろう。しかし、拓治を美咲に会わせるのは嫌だった。

愛は思う。私は嫉妬しているのだろうか？

数日後、愛は拓治と一緒に、また後藤家の前にいた。

あの後、愛は武蔵小杉のマンションに帰宅した。拓治の父親が車で送ってくれたのだ。

彼は七階建てのマンションを見上げ、一番上に住んでるんだ、いいなあ、などと言った。

「武蔵小杉も開発が進んでるから、今に二十階三十階建てのマンションが立ち並ぶようになるよ」

愛が住んでいる七階建てのマンションなんて大したことないと言いたいのだろうか。でもそんな高層マンションに住むなんてゾッとする。停電でエレベーターが使えなくなったら、どうするつもりなのだろうか。

母はもう怒っていなかったが、その穏やかな態度を維持するために条件を出した。それは後藤家のお向かいさんに謝りに行くことだった。子供が面白半分に殺人事件に首を突っこんで、それどころかご近所さんを犯人扱いしたのだ。許されないことだと母は言った。

「あなたも自由が欲しい年頃なんでしょう。それは分かる。母さんもそうだったから。でもね、自由には必ず責任が伴うのよ。後で先方に電話して、あなたたちが謝りに行ったか、ちゃんと訊くからね」

あの母子に謝罪をするのはもっともだと思ったので、別に親が確認の電話を入れずとも、謝りに行くことにやぶさかではなかった。それに、もう一度雅人と会って訊ねたいこともあった。

母親が用意した菓子折りを持って、愛は後藤家に向かった。別に一人で行っても良かったが、そのことを拓治に話すと、自分も行くと言って聞かなかった。

二人の顔を見るなり怒鳴ってきたあのおばさんも、二人が持っている菓子折りを見たら、途端に温和な表情になった。あの夜ここを訪れた時も、お菓子を持ってくれば良かったと思った。

「雅人さん、いらっしゃいますか？　雅人さんにも謝りたいんです」

いなかったらどうしようと思ったが、雅人はいた。バイトや遊びに出かけることもあるそうだが、家にいる時の方が多いらしい。

「やあ、いらっしゃい」

などと雅人は言った。

「あの手紙、美咲ちゃんに渡してくれた？」

「その手紙について、お話ししたいことがあるんですけど」

「え？」

愛は雅人に、あの後、警察に補導されてしまったと正直に話した。

「あの手紙、警察の人に取られて、中を読まれてしまったんです」

それは嘘だったが、拓治が破いて勝手に中を読んだとはとても言えなかった。

「私も――ちらりと見てしまって、読むつもりはなかったけど、短い文章だったんで――」

愛はちらちらと雅人を見ながら、言葉を選び選び話した。

「美咲さんにとって、後藤家殺人事件はとてもデリケートなことなんです。お分かりですよね？　家族が殺されたんだから。私も美咲さんに自分が後藤家殺人事件の生き残りであることを一度聞いたきりで、その後話題に出したこともありません。だから、ああいう手紙を美咲さんに渡すことをためらってしまったんです。それで――」

その時、雅人が愛の言葉を手で制した。

「まあ、待ってよ。手紙を警察の人間に読まれたことは分かっている。この間、警察が来たから。散々訊かれたよ。あれはどういう意味なんだって」

奈良邦彦がどうなったのか、誰も知らない。後藤家殺人事件の捜査は未だに継続中だ。そんな最中に、最初に疑われた向かいの家の住人が、被害者遺族にあんな手紙を送ろうとしたら、それは警察が取り調べに来るだろう。

「警察に全部話した。ああいう書き方をすれば、美咲ちゃんが俺に連絡してくれると思ったんだ。それだけで深い意味はないって。まあ一応、納得して帰って行ったけど」

愛は拍子抜けした。美咲に手紙を届けるという約束を、自分たちは破ったのだ。しかも手紙も勝手に読んでしまった。怒鳴られることぐらい覚悟していたのに。

「じゃあ、重要な話があるって言うのは嘘だったんですか？」

「うーん。嘘ってことでもないんだけどね」

何だか雅人は煮え切らない。

「君になら話してもいいよ。美咲ちゃんの友達だって言うし、警察の奴らは信用できないから」

母親の目が気になるから、自分の部屋で話したいという。ちょっと迷ったが、後藤家殺人事件について新情報があるのなら、と彼の部屋に行った。

おかしいな、と思ったのは、拓治も一緒についてこようとしたのだが、

「あ、君はちょっと外で待ってて」

と言って、愛だけを部屋に入れたことだ。迂闊だったかもと思ったが、その時すでにドアは閉められて、愛は雅人と二人っきりになってしまった。

雅人の部屋は男の匂いがした。どんな部屋か見回す気にもなれなかった。とにかく話を終わらせて、ここから帰りたい。

「美咲ちゃんと僕は好き合っていたんだ。それを向こうの親が引き離したんだ。ちょっと手を繋いでいただけで、痴漢したとか因縁つけてきて。僕が殺したわけじゃない。でも、あんな奴ら殺されて良かったと思う」

川崎大師時代、美咲とはいろいろな話をしたが、雅人の話は一度も出なかった。本当に好き合って別れたなら、少しは未練がましい態度をとってもいいはずなのに。愛が赤星のことを忘れられないように。

そうだ、赤星は。

彼は今、どこにいるのだろう。

「でも、いいんだ。美咲ちゃんのことはすっぱりと諦める」

そう言って、雅人は言葉を切って、愛を見た。

「君はまた来てくれたね？　これからも来てくれるの？」

思わず愛は後ずさりした。

「お願い！　そのスカートちょっとめくって、太股《ふともも》見せて！　いいだろ、別にパンツ見せてって言ってるわけじゃないから！」

その瞬間、部屋のドアが勢いよく開け放たれ、拓治が部屋に飛び込んできた。きっとドアのすぐ近くにいて、中の話を聞いていたのだろう。

「この野郎！」

「ギャッ！」

拓治が雅人の股間《こかん》を勢い良く蹴り上げた。雅人は股間を押さえて床の上を七転八倒する。

愛はあまりのことに呆然としてしまって、その場に立ち尽くしていたが、

「早く！」

拓治に腕を引かれて、弾かれるように部屋の外に走り出した。玄関で慌てて靴を履き、猛ダッシュで駆け出す。

「――ちょっと！　あんたたち、雅人に何したの⁉」

背後からおばさんの声が聞こえてきたが、構わずに走り出した。走りながら愛は笑った。何がおかしいのか分からなかったが、おかしくておかしくてたまらなかった。S高校の前までやって来て、さすがにもう大丈夫だろうと立ち止まった。愛は拓治と顔を見合わせて笑った。拓治も息を切らせながら笑っていた。S高校を背にして、拓治がS高校の制服を着ている姿を、愛は一瞬、思い浮かべた。


その後、新聞に『川崎の大師公園で女子中学生死亡』の続報が出た。被害者の少女は劣悪な家庭環境に育ち、中学生にして既にヤクザの情婦だったという。当初は殺人かと疑われたが、死因は薬物中毒だったらしい。彼女に薬物を与えた暴力団組員が逮捕され、現在取り調べを受けているのだそうだ。しかし愛には興味はなかった。やはり少女の名前は報じられなかったが、ほとんど中学にも通っていなかったというから、愛の友人である可能性はほぼ消えたからだ。

赤星がどうなったのかは、結局分からないままだった。死亡した女子中学生の交友関係に赤星の名前が浮かび、しかも彼が行方不明だったことから、一時は最有力容疑者だったらしい。愛が電話をかけたのは、そんな折りのことだったのだ。

あんなに好きだった赤星の顔が、あんなに聞きたかった赤星の声が、愛の記憶から薄れてゆくのにそう時間はかからなかった。容疑者として疑われるほどに、その女子中学生と繋がりがあったのだ。正直、幻滅する。だがそれ以上に、武蔵小杉の高校での新生活は、川崎大師の思い出を色あせさせるほどに魅力的で、楽しいものだった。赤星だけではなく、川崎大師の思い出も、今や過去のものになった。大切な思い出だけど、あえて今、そこに戻ろうとは思わない。自分には今、武蔵小杉で作った沢山の友人たちがいるのだから。

赤星のことが記憶から薄れると同時に、拓治が美咲を好きだと知って感じた嫉妬のような気持ちもなくなった。新しい出会いによって、今までの人間関係も変わっていくことを、愛は身をもって感じた。

美咲に事前に許可を取ってから、愛は拓治に彼女を紹介してあげた。何度かデートをしたらしい。美咲が本当にS高に進学するのか、もしそうなったら拓治も彼女を追ってS高に進学するのか、それはまだ分からない。未来は誰にも分からないのだから。

それは愛が十五歳、二〇〇四年のことだった。鴨居にららぽーと横浜というショッピングモールができ、買い物するにも映画を見るのにも困らなくなる三年前、お台場に巨大なガンダムの立像ができ、拓治が足しげく通うようになる八年前のことである。

向こうに武蔵小杉があるはずだった。愛の住む街が。それなのに――。

意味がまるで分からなかった。世界が終わってしまったかのようだった。

そこにはなにもなかった。

見渡す限りの荒野がそこには広がっていた。土と岩でできた茶色い地面がどこまでもどこまでも、地平線の向こうまで続いている。まばゆい太陽が地上を照らしている。生きている者は人っ子一人見当たらない。

ここはどこだ？　武蔵小杉はどうなったんだ？　愛は今どこにいるんだ？

その時、後ろから誰かがパチパチと拍手をする音が聞こえた。

俺はゆっくりと恐る恐る振り返った。そこには後藤がいた。奈良邦彦――と思っていた男――に下のフロアに落とされた時に傷を負ったのだろう。額から一筋の血を垂れ流している。しかしそんな痛々しい姿にもかかわらず、後藤は微笑み、俺が今日まで暮らしていた街を背に、拍手を送っていた。

「合格よ。あなたはこの世界の真実を知った」

「どう、いう、こと、だ――」

俺はあまりの衝撃に、途切れ途切れに言葉を発した。

「武蔵、小杉は、どうなった。どこに、ある――」

戦争が始まって核ミサイルでも落ちたのかと思った。でもそんなことになったら川崎の住民もただではすまない。このビルを境にして向こう側だけを破壊する兵器があるとは思えない。第一、爆撃の痕《あと》も、建物の残骸《ざんがい》もなにもないのだ。

「最初っから、武蔵小杉はないのよ」

そう後藤は言った。

「愛さんは合格したから、一足先に敵地に送られた。でもそれをあなたに教えることはできなかった。あなたが自分で真実に辿り着かなければならない。それがテストだから。だから親の仕事の都合で武蔵小杉に越したということにしたの」

「敵地？　敵地って――」

「決まってるでしょう？　日本よ」

「日本は、ここじゃないか！」

俺の叫びに、後藤は平然と答えた。

「ここは日本じゃない。教科書で習ったでしょう？　Z国っていう共産主義の国家があるって。あなたも私も日本人じゃないのよ」

嘘だ。

嘘だ、嘘だ、嘘だ。

そう叫びたいのに、言葉が口から出てこない。

「ここも川崎じゃない。実際の川崎を模したトレーニング施設といったところかな。あなたが見慣れているだろう、川崎大師の平間寺も張りぼてよ。中に入ったことなんてないでしょう？　見かけだけなの。合格したあなたはＺ国の工作員として、これから日本の川崎に送られる。あなたたちはそのために生まれた。これからが本番なのよ」

「そんな――」

信じられなかった。

「ずっとここで暮らしてきたのに。今まで気付かなかったなんて――」

ハッとした。

七海が殺された時、重要参考人だから旅行など行かないようにと警察に言われた際、俺は思ったのだ。生まれてこの方、俺は旅行など行ったことがない。

――でも。

「テレビも新聞もあった。映画も観られたし、漫画も読めた――」

「全部、日本から持ってきたものよ。日本と同じものじゃないとトレーニングの意味はないから。でも、テレビで川崎が特集されていたら、そこは編集してカットするようにしている。ここは実際の川崎とほぼ同じだけど、やはりまったく同じとはいかないから。テレビの中の川崎と、今自分たちが住んでいる川崎の違いに気付かれたら、偽物の街だってバレてしまう。担当者は、特にお正月は大変だったそうよ。川崎大師の平間寺は日本で一、二を争う初詣のメッカだから、当然テレビで沢山取り上げられる」

ずっと気付かなかった。

不良は地元を愛するあまり、外の世界に出ようとしないからか。それとも外の世界に興味を持たないように、子供の頃から巧みに洗脳したからか。だから親は俺たちに携帯を持たさなかったのか。子供同士の連携が密になると、ここが偽の川崎だと、もしかしたらバレるかもしれないから。分からない。何も分からない。何も考えたくない。

「私たちは川崎の京浜工業地帯が日本攻略の橋頭堡《きょうとうほ》だと考えている。日本経済や産業の屋台骨と言っても過言ではないもの。あなたにはこれから、あらゆることをやってもらう。産業スパイ、破壊工作、技術者の拉致。七海さんも楓さんも不合格だった。二人のぶんまで、しっかりおやんなさい。いずれ、向こうに行った愛さんとも会えるでしょう。愛さんは優秀だったわ。襲われたその日に奈良邦彦を殺したもの。だから愛さんが襲われたことは、あなたの耳にも入らなかった。こういう演習は、今まで何度も行われてきたのよ。失敗した子供は自殺したってことで処理したけど、今回は無理ね。あまりにも派手にやり過ぎちゃったから。これで奈良邦彦はもう使えない。新しい殺人鬼を創作しないと」

「奈良邦彦は、あいつは、あいつは――」

いったい何だったんだ、そう訊きたいのに上手く言葉が出てこない。

「川崎で後藤家殺人事件という殺人事件が起きたのは本当よ。犯人と思しき奈良邦彦が未だ捕まっていないのも。そして奈良邦彦の犯行と思しき殺人事件が川崎で続発していることも、すべて事実。川崎に送られた工作員を本物の奈良邦彦が待ち受けているのは想像に難くない。奈良邦彦と戦うための予行演習のプログラムにあなたは合格した。あなたは、これから本当の川崎で、本物の奈良邦彦と戦うの」

「予行、演習？」

七海の死にざまが、おふくろと親父の首が、楓の首から噴水のように飛び散る血が、脳裏に浮かんでは消えてゆく。それだけじゃない。区役所の職員。家にやってきた警官。ゲームセンターの客たち。みんな死んだ。あれが単なる本番前のテストだったと言うのか？

「あいつが本物の奈良邦彦でないと、どこで気付いたの？」

「――目が」

「目？」

「家に襲いに来た時、あいつのもう片方の目を、包丁で、切り裂いた。その傷がなかった――」

後藤は満足げに頷いた。

「なかなか鋭いわね。あなたは三回、奈良邦彦に襲われた。潘秀園、あなたの自宅、このゲームセンター。一回目と二回目は同じ男だけど、三回目は顔と体格が似た別の男。最初の男は、あなたが残った目を切り裂いたから結果両目とも失明してしまって、使い物にならなくなったから処分したわ。だから二人目を用意した。あなたがちゃんと止めを刺していれば、二人目を用意する必要もなかったんだけど」

「一人目も、二人目も、どっちも、もともと左目を失明していた――」

「襲われた際、後藤美月が奈良邦彦の左目を引っかいたと証言したから、尾ひれがついてそんな噂が広まったんでしょう」

「七海は、そのことを知っているのは先生と警察関係者しかいないって――」

「そんなの、奈良邦彦が本物だってあなた達に信じ込ませるために、私がついた嘘に決まってるじゃない！　でも、後藤美月に引っかかれたのは事実かもしれないけど、それで失明したかどうかは噂の域を出ていない。平間寺までは追ってこないから、中に逃げ込めば安全というのも信憑性は薄い。でも、どれが真実でどれが噂か判別できないから、全部入れようってことで、ああいう殺人鬼像が出来上がったの。体重百キロを超える大男とか、鉈を扱わせたら超一流とか――」

「死ぬ前に、あいつが言った話は――後藤家殺人事件の犯人は自分じゃないとか――後藤美月が男と事件を企てたとか――外国の工作員に拉致されたとか――」

「それも設定の一部。後藤家殺人事件については、日本国内でいろんな人たちが、いろんなことを言っているから、参考にして適当に作ったの。別にあなたにそれを言う必要はなかったけど、彼も楓さんの話を聞いていたから触発されたんでしょう。でも奈良邦彦が外国の工作員に拉致されたっていうのは傑作でしょう⁉　私たちじゃないと出ない発想だね」

そう言って後藤はおかしそうに笑った。

「おふくろと、親父は——？」

「なに？」

「知ってたのか？　これが単なる予行演習だってこと」

「もちろん大人たちは全員知ってた。知らなかったのは、子供たちだけ」

「じゃあ、親父もおふくろも、自分が殺されることを知ってたのか——？」

「うーん。それはどうかな。あくまでもターゲットはあなただから。ターゲット以外を殺しちゃいけないってことはないけど」

知っていたのだ。

両親だけじゃない。あの区役所の職員、自宅を訪ねて来た警察官。さっき巻き添えをくったゲームセンターの客たちも、若い奴が多そうだったから全員ではないだろうが、きっと知っていた者もいたに違いない。それでも、彼らはあの場にいたのだ。それが自分の役割だから。それで巻き添えを食って殺されたとしても。

あの時のおふくろの台詞が脳裏に蘇る。

『人生には辛いことや悲しいことが沢山あるのよ。負けないで、しっかりと生きなさい』

辛いこと、悲しいこと、親と別れること、この街の真実を知ること、国のために外国で工作員になること、おふくろはすべて知っていたのだ。

「あの二人は、俺の両親じゃないのか？」

「いいえ。正真正銘のあなたの両親よ。十五年以上前になるかな。Ｚ国はあなたのお父さんを川崎から拉致した。当時、あなたのお父さんの知り合いの女子中学生が薬物中毒で死んだ事件があったから、その事件絡みの失踪だと思われて、Ｚ国の関与を疑うものは一人もいなかった。結局事件は、女子中学生と関係していた暴力団員が逮捕されて決着したけど、あなたのお父さんはもともと不良だったから、家出したと思われてそれっきり。大変だったそうよ。愛に会いたい、愛に会いたいって、泣き叫んで」

「愛？」

後藤は頷いた。

「当時、あなたのお父さんが付き合っていたガールフレンド。親の仕事の都合で武蔵小杉に引っ越しちゃって、別れの挨拶もできなかったみたい。仕方がないから、同じように日本からさらってきた女の子をあてがって慰めてあげた。あなたのお母さんよ」

「――じゃあ、愛って名前は」

「そうよ。あなたの知っている愛さんが生まれた時、あなたのお父さんのその話を覚えている人がいて、愛って名前をつけたの。だから愛さんが合格して、現実の川崎を模したこの街から消えた口実に、武蔵小杉という地名を出すのは自然だった。だって現実がそうだったんだから。この街の建築には、川崎に住んでいたあなたのお父さんから得た情報が随分役立った。まあ、あの渡り廊下が落ちるとは正直、想定外だったけど！　下にいたから死ぬかと思った！　普通の建造物じゃないから、建てる時に随分苦労したそうよ。設計を一から見直さなきゃいけないね」

「あんたは？　本当に俺の先生なのか？」

　後藤は笑った。

「当たり前じゃない！　担任の顔を忘れる？　でも後藤美咲じゃない。私の本当の名前は[redacted]って言うの」

　まったく聞き取れない、外国の発音だった。いや、違う——後藤の名前以外の、俺が聞き取れる言葉の方が、外国のものなのだ。

「——あんたの名前が理解できない」

　俺はそう言った。

「それでいいわ。むしろあなたのような工作員は、日本語が母語の方が都合がいいもの。あなたたちをこの演習に導くガイドとして、学校の担任がうってつけだろうってことで、私がその役を仰せつかったの。後藤家殺人事件の生き残りって設定にすれば、奈良邦彦のことを詳細に知っていても不自然じゃないでしょう?」

俺は振り向いた。武蔵小杉があると思っている方向を見た。そこに広がるものは、やはりなんど見返しても、先ほどと同じ、荒野の風景だった。

「――このゲームセンターに入る前に、向こうに続く道があった、どこまでもどこまでも、武蔵小杉に続く道が――」

俺は惚《ほう》けたようにつぶやいた。

「あれはトリックアートよ。遠近法を利用して、壁に描いた騙《だま》し絵。イタリアのオリンピコ劇場の舞台の壁に描かれた絵を参考したの」

イタリア、日本、Z国、川崎、武蔵小杉、それらの地名に何の意味があるのだろう?だって俺が今まで川崎だと思っていた街は、川崎ではなかったのだ。ならここもZ国じゃない。俺はそんな国の人間じゃない!

「あれも、絵なのか?」

俺は荒野を指さして、後藤に訊いた。

「あれは絵じゃない。五〇キロも行けばZ国の首都に行ける。いずれ連れて行ってあげる。愛さんもいいけど、向こうにも女の子が沢山いる。好きな女の子を選んで、結婚して子供を沢山作りなさい。それが日本を倒して、Z国を繁栄させる唯一の道なの」

その後藤の言葉を、俺はほとんど聞いていなかった。

「まだ演習は終わっちゃいない」

俺は一人つぶやいた。

「奈良邦彦を倒すのが目的じゃない。俺の本当の目的は武蔵小杉に行って愛に会うことだ」

この荒野の景色もすべてトリックだ。フェイクだ。紛い物だ。作り物だ。信じていたものが嘘なら、たった今、後藤によって明かされた真相が嘘でないと、いったい誰が言い切れるのだろう?

俺は屋上の手すりをしっかりと握り、足をかけた。

背後から後藤が呼びかける。

「落ち着きなさい。ここはトリックアートじゃないのよ。落ちたら、死んでしまうのよ」

俺は力を込めて身体を持ち上げる。

「分かった。今すぐに首都に連れて行ってあげる。美味しい料理を味わいながら、大勢の綺麗な女の子に優しくしてもらって、ゆっくり身体を休めなさい。それがテストに合格したあなたに対する報酬だから」

そんな報酬は、こっちから願い下げだ。

「俺が会いたい女は、愛だけだ」

そう言って俺は、手すりを乗り越え、愛の待つ武蔵小杉に向かって身を投げ出した。

解説

千街晶之

二〇二〇年二月二十五日、作家の浦賀和宏が世を去った。四十一歳。「朝日新聞」に掲載された死亡記事によると死因は脳出血。あまりにも早すぎる死に、ファンのみならずミステリ界全体に衝撃が走った。

以前にも脳出血で倒れたことがあったらしいが、その時はすぐに発見され病院に運ばれて回復したという。コンスタントに作品を発表しているので、何も知らない読者の立場からはそうは見えなかったけれども、病と闘いながらの執筆生活を続けていたようだ。

生涯の短さのわりに、著者の作家人生は二十年を超えている。生涯の半分以上は作家として過ごしたと言っていいが、それは著者のデビューが早かったからだ。一九九八年、著者は『記憶の果て』で第五回メフィスト賞を受賞してデビューを果たした。京極夏彦の推薦文とともに登場したこの作品は、安藤直樹という若者を主人公にした、ミステリ・SF・青春小説などの要素が混在する小説であり、個性的な作品ばかりを世に送ってきたメフィスト賞に相応《ふさわ》しい内容だった。

続いて同年、世界観を同じくする『時の鳥籠』が刊行され、「安藤直樹シリーズ」は第七作『透明人間』(二〇〇三年)まで発表された。「安藤直樹シリーズ」とはいうものの、必ずしも彼がどの作品でも主人公として活躍するわけではなく、便宜的な呼び方と言っていい(詳しくは、『記憶の果て』講談社文庫新装版に私が寄稿した解説を参照していただきたい)。『記憶の果て』で初登場した時はミステリ嫌いを標榜《ひょうぼう》していた安藤が、その後はまるで名探偵のように振る舞ったりもするが、彼の解決方法は相当破格であり、周囲の人々はそれに翻弄《ほんろう》されてゆく。ある作品で放置されたままだった謎が、シリーズのその後の作品で解決されるなど、一作だけでは評価が難しい、シリーズの中での位置づけが必要となる趣向が多いのも特徴だ。また、カニバリズムを代表とするタブーを取り上げている点や、果たしてこの世界は見えている通りなのかという懐疑に満ちた視点など、著者の作風を特徴づける要素は、既にこのシリーズで出揃《でそろ》っている。

最終作ではあるがシリーズ完結篇《へん》とは言い難い『透明人間』のあと、著者は『松浦純菜《じゅんな》の静かな世界』(二〇〇五年)を第一作とする「松浦純菜・八木剛士《たけし》シリーズ」に取りかかり、第九作の『生まれ来る子供たちのために』(二〇〇八年)まで書き継いだ。主人公である剛士の鬱屈《うっくつ》した感情の描写と、最初こそ正統派ミステリ風でありながら巻を重ねるごとにどんどん拡《ひろ》がってゆく大風呂敷的世界観が特色で、著者のシリーズものとしては珍しく完結している。

「安藤直樹シリーズ」のシーズン2と著者が位置づけたのが、『萩原重化学工業連続殺人事件』（二〇〇九年。文庫化の際に『ＨＥＡＶＥＮ　萩原重化学工業連続殺人事件』と改題）に始まる「萩原重化学工業シリーズ」である。安藤シリーズと異なり、かなりポリティカル・サスペンスの要素が強く、著者の作品群の中でもスケールの大きさが際立つ。このシリーズは第二作『女王暗殺』（二〇一〇年。文庫化の際に『ＨＥＬＬ　女王暗殺』と改題）まで発表されたが、完結篇となるべき第三作は執筆されないまま終わった。

二〇一三年からは『彼女の血が溶けてゆく』を第一作とする、フリーライターの桑原銀次郎が探偵役のシリーズが始まった。このシリーズは『彼女が灰になる日まで』（二〇一五年）に至る四作が発表されたが（登場するたびに桑原がひどい目に遭うあたりが著者らしい）、出版社の壁を越えて他の作品にも桑原はゲスト的に顔を出すようになり、著者の後期を代表するキャラクターとなった。

こうしたシリーズものとは別に、『眠りの牢獄』（二〇〇一年）を機に単発作品も発表するようになっていたが、中でも『彼女は存在しない』（二〇〇一年）はヒット作となり、著者の名を世間に知らしめた（元ＳＭＡＰの中居正広が読んでいたということでも有名になった）。著者のシリーズものが迷宮的な錯綜《さくそう》した構成になりがちだったのに対し、ノン・シリーズ作品は比較的シンプルな構成に鮮やかなトリックを仕掛ける作品が多く、初めて浦賀作品を手に取るという方にはこちらからの入門がお薦めだ。ただ、こうしたノン・シリーズ作品にも、著者のそれまでの作風を読者が知っていることが前提のメタ・ミステリ『浦賀和宏殺人事件』（二〇〇二年）、突拍子もない世界観が展開される『地球平面委員会』（二〇〇二年）、スラッシャー・ホラーと思わせておいて予想外の方向に話が進展する『究極の純愛小説を、君に』（二〇一五年）など相当クセが強い作品も多く、ある程度売れっ子になってもそのあたりはぶれないのが著者らしかった。

生前に刊行された最後の作品は『デルタの悲劇』（二〇一九年）。これは、作家の浦賀和宏、本名・八木剛が何者かに殺害され、その遺作に手掛かりが鏤《ちりば》められている――という趣向のミステリで、著者の手筋を理解している筈《はず》のファンをも翻弄する仕掛けが冴《さ》えていたけれども、期せずしてこれが生前最後の著書になったというのは皮肉な巡り合わせと言うしかない。著者の訃報では本名が八木剛《つよし》であったことも公表されたが、これによって、『究極の純愛小説を、君に』『デルタの悲劇』の八木剛や「松浦純菜・八木剛士シリーズ」の八木剛士、『浦賀和宏殺人事件』の柳沢剛士といった登場人物名が本名に因《ちな》んでいたことが明らかになった。また、それに関連して、著者の小説には一種の自虐趣味があり（『浦賀和宏殺人事件』がその到達点だろう）、自分らしき登場人物を何度も死なせたり、自身の作風を茶化すような記述もあったが、実はそれがミステリとしてのサプライズと密接に関連していることも多く、全く油断がならなかった。一作家一ジャンルというメフィスト賞らしさを最も体現した作家だったと言えるのではないだろうか。

さて、『デルタの悲劇』が遺作かと思いきや、実は刊行を控えていた長篇小説がもうひとつあった。それが本書『殺人都市川崎』である。二月中旬に脱稿し、校正を行って数日後に倒れたとのことなので、亡くなるほんの数日前までこの小説の刊行の準備に携わっていたわけである。なお、これまで著者の作品と無縁だった角川春樹事務所から刊行されることを不思議に思う読者もいるかも知れないが、それまで幻冬舎で著者をずっと担当していた編集者が角川春樹事務所に移籍したという事情がある。

それにしても、『殺人都市川崎』とはまた不穏なタイトルである。実は著者は神奈川県川崎市在住だったのだが、作中の川崎は、かなり治安が荒《すさ》んだ一種の犯罪都市として描かれている。川崎市は東京都と横浜市の中間に位置し、人口も多くさまざまな特徴を持つ街だが、繁華街があるせいか風紀が乱れているというイメージで語られる場合もないではない。いわば本書は、そのイメージを逆手に取った、『翔《と》んで埼玉』（魔夜峰央）ならぬ『翔んで川崎』とも言うべき小説なのだ。

本書には二人の主人公が登場する。ひとりは、川崎で生まれ育った不良少年・赤星。高校入学までの春休み、彼は川崎大師のそばの公園で同級生の七海とデートをしていた。彼女の話によると、二十年前に奈良邦彦という男が一家を惨殺した「後藤家殺人事件」の生き残りが、彼らの中学時代の担任だった後藤美咲であり、彼女は最近になって、事件以降行方不明になり今や都市伝説的存在と化している奈良を目撃したというのだ。そんな話をしているところに、奈良らしき大男が突然現れ、七海を惨殺する。

もうひとりの主人公は、同じ川崎市内ながら、治安が安定しているとされる武蔵小杉へと引っ越した愛だ。かつて住んでいた川崎大師の近くで殺人事件が起きたと知った彼女は、当時互いに好意を抱いていた赤星のことが急に気になった。後藤家殺人事件に強い関心を持っている従弟の拓治と一緒に、愛は久しぶりに川崎を訪れたが――。

川崎の外を知らない者の閉塞感と、川崎を去った者の後ろめたさを軸に、著者らしい容赦のない展開と、読む者の胸を抉《えぐ》るような心情描写が繰り広げられる。だが、勘のいい読者は、記述の随所に微妙な違和感を覚えるのではないだろうか。ただでさえミステリにおいて、二種類の視点でパラレルに語られる構成の作品は、そこに何らかの仕掛けがあると相場が決まっている。従って、年季の入ったミステリファンほどそのあたりに注意しながら読み進めることになると思うが……さて、この真相を見抜けた読者がいるだろうか。私は本書をゲラで読んだ時、「目が点になる」という感覚を久しぶりに味わった。著者の作品中でも一、二を争う、超弩《ど》級のサプライズが待っていると言っても過言ではないだろう。そしてこの結末は、著者がその作家人生において追い続けた「この世界のありように対する懐疑」というテーマと、ミステリ的なサプライズとの極めて高水準な融合と言っていい。つくづく、姿勢がぶれない作家だったと改めて感嘆する他はないのである。

なお、担当編集者によると、著者は本書をシリーズ化する予定だったという。この話を一体どうすればシリーズ化可能なのか？　と首をひねった読者も多そうだが、どうやら、毎回主人公を変えつつ、作中の殺人鬼・奈良邦彦の設定は引き継がれるという構想だったらしい。そうなると、「萩原重化学工業シリーズ」のようなスケールの大きな話になっていた可能性もあるし、もしかすると他のシリーズとどこかでリンクしていたかも知れない……という想像も膨らむ。続きが読めなくなってしまったのは残念だし、著者としても無念だったろうけれども、本書で初めて浦賀和宏の存在を知った読者も、著者のファンも、余人に真似《まね》の出来ない作品世界を構築したこの作家のことを今後も忘れずにいてほしいと思う。

（せんがい・あきゆき／ミステリ評論家）

本書はハルキ文庫の書き下ろし作品です。

Haruki Bunko
ハルキ文庫

う 10-1

殺人《さつじん》都市《とし》川崎《かわさき》

著者　浦賀和宏《うらがかずひろ》

2020年5月18日第一刷発行

発行者　角川春樹

発行所　株式会社角川春樹事務所
〒102-0074 東京都千代田区九段南2-1-30 イタリア文化会館

電話　03(3263)5247(編集)
03(3263)5881(営業)

印刷・製本　中央精版印刷株式会社

フォーマット・デザイン　芦澤泰偉
表紙イラストレーション　門坂 流

ISBN978-4-7584-4337-1 C0193 ©2020 Uraga Kazuhiro Printed in Japan
http://www.kadokawaharuki.co.jp/[営業]
fanmail@kadokawaharuki.co.jp[編集]　ご意見・ご感想をお寄せください。